科尔姆·托宾
作品5

Colm Tóibín

Imaginings and resonances and pain and small longings and prejudices. They mean nothing against the resolute hardness of the sea. They meant less than the marl and the mud and the dry clay of the cliff that were eaten away by the weather, washed away by the sea.

THE BLACKWATER LIGHTSHIP

黑水灯塔船

〔爱尔兰〕科尔姆·托宾——著

温峰宁——译

上海译文出版社

献给艾丹·邓恩

一

听到马努斯的呜咽，海伦在夜里醒来。她静躺听着，希望他会安静下来侧身睡着，但他的声音只变得愈发响亮和持久，她模糊地辨别出些许字眼，下床走向两个男孩的房间。她不知道他是在做梦还是醒着。

她先前就把埋地灯开着，所以一进房间就能看见卡舍尔正睁大双眼。他在床上看着她，犹如一个置身事外的旁观者看着即将上演的场景；接着他看向自己的弟弟，马努斯正发出嘶哑的叫喊，手臂挥舞像在抵挡某种未知的恐惧。她轻轻唤醒马努斯，拿走盖在他身上的毛毯。他身上很热。他正处在半梦半醒间，揉揉眼睛又开始呜咽。过了一会儿他才发现她就在身旁，而梦已经结束了。

“我很害怕。”他说。

“没事了。你该继续睡觉。”

“我不想睡了。”他说着哭了起来。

“要不我抱你到我们的床上来？”她问。

他点点头。他一动不动抽泣着，等待被安抚。她知道自己最好陪着他、安慰他，等他再次入睡，但她却抱起他，让他贴紧自己。一直以来，当她这样抱住他的时候，他就会安静下来。

卡舍尔还在看着他们。

她以一种仿佛卡舍尔已是大人的语气隔空对他说话。“我要带马努斯到我们的床上，这样你会睡得更好。”她说。

他拉起毯子盖住自己，闭上了眼睛。卡舍尔已经六岁，已经足够聪明，知道她并不是为了自己才把马努斯带去他们的床上的，她只是希望像对待婴儿那样照顾马努斯。她想知道卡舍尔怎么想，他会不会感到受伤或烦恼——但他太骄傲了，不会让她知道自己的感觉，他迫不及待想要扮演成熟大哥哥的角色。

黎明的微光穿过落地窗照进来。她缓缓走入卧室。休正蜷曲而睡，手臂还伸到她那侧床上。她站着看他，想知道他怎能那么容易就重返梦乡。马努斯在她怀里醒来，转头看她为什么站着不动了。他看到自己的父亲在睡觉，又掉转头，抵着她的身体蜷缩起来。她听到远处传来汽车的声音。她将马努斯带到床上。

“你想睡在我这边吗？”她轻声问他。

“不，我要睡在中间。”

“你知道你想怎样，对吧？”她对他微笑。

“我想睡在中间。”他细语道。

她将他放下，让他背对着休，为他盖上床单。不知什么时候休已经将羽绒被推到床下；她让它掉在地上，现在三个人睡在床上，盖着它就太热了。她将头靠在枕头上，庆幸马努斯总算平静地躺在他俩中间，又努力安慰自己，卡舍尔已经在另一个房间里又睡着了。

昨晚天际还有模糊光线时，他俩就早早上床并且做爱了。她现在对休充满温存，脑中盘旋着一个他们引做笑谈的愿望：她能更像他，性格更平和，更容易满足——容易满足？她说这话的时候，他笑起来——不藏秘密，不把事情藏在心底。

马努斯将近睡着，开始拉扯她，想吸引她的注意力。他不想让她背对着他。"靠这边睡吧。"他轻声说。

她看了看钟，才四点三刻。她突然感到冷，起身找到羽绒被，拉到床上，盖在他们身上。他们需要暖上一阵。

海伦再次醒来时，休与马努斯正在酣睡。刚过八点，房间很热。她下了床，穿着睡袍和拖鞋下楼，发现卡舍尔穿着睡衣在看电视，手中还拿着遥控器。

"我已经用完浴室了，如果你要洗澡的话可以去了。"她对他说。他点点头站起来。

"他们还在睡吗？"他问。

"是的。"她笑着说。

"那我最好在他们起来之前洗澡。"他说。

这是他俩之间的秘密语言：他们假装都是成人，像夫妇一样交谈。卡舍尔厌恶别人的指导和命令，也不喜欢在谈话中被当做小孩。如果她对他说快去洗澡，他只会拖拖拉拉。她想，等马努斯到了他这个年龄，估计还是得抱着他去洗澡。

他们是这房子的第一家住户，也是首先将其扩建的人。扩建的房间宽敞、方正、明亮，兼作厨房、餐厅和游戏室。休之所以想要这套房屋，是因为后花园里神奇地保留下来的山毛榉，以及房屋后面的公园。但她只是喜爱房屋的崭新，喜欢没人住过的感觉。

她把昨晚的餐具洗干净，透过厨房的窗户看见微风掠过山毛榉还有公园外围的冷杉，看见天空突然变暗，仿佛要下雨。她打开收音机——休像往常一样已把频率调到爱尔兰语广播电台①——打开第一频道时，九点钟新闻的报时信号正好响起。她能赶上天气预报。

她和卡舍尔吃早饭时，他还陶醉在一本漫画中，楼上则传来叫嚷嬉笑声。马努斯用他最大的音量叫喊着。

“听听看，”她说，“都不知道他们俩谁才是真正的孩子。”

卡舍尔对她微笑，拿了一块吐司又继续看漫画。他们沉默地吃着早饭，楼上继续喧闹着，休用爱尔兰语朝马努斯吼了些什么，然后他们一同嚷起来，最后有一个人撞到地板上，发出咚的一声响——她猜那是马努斯。

不久，他们一起出现，休穿着睡袍，抱着穿睡衣的马努斯。

“我掉下床了。”他说。

“我们知道，我们听见了。”海伦说。

他脸红了，伸手捏休的鼻子。

“停下。坐下吃你的早饭。”

马努斯刚坐下来就注意到卡舍尔的漫画，越过桌子把书抢到手。卡舍尔想要按住书，但马努斯速度更快。

“还回去。”海伦说。

---

① 爱尔兰语广播电台是爱尔兰国家广播电视公司（RTE）旗下的爱尔兰语电台。

"他都看完了。"马努斯说。

"还回去，说对不起。"

他看着她，思索她发脾气的可能性。他笑起来。"别傻了。"他说。

"我们都等着呢。你不还回去并且道歉，我们大家就什么都不做。"她说。

卡舍尔双手贴着身体两侧，满足于当受害方。马努斯看看海伦，又看看正用爱尔兰语对他粗声粗气说话的休。马努斯叹了口气，将漫画还给卡舍尔。

"说'我很抱歉'。"海伦说。

"我很抱歉。"

"说'我再也不会这样做了'。"

"我再也不会这样做了。"

"你现在有点像怪兽。"她对他说，转头面向水池。

"你现在有点像怪兽。"他重复道。

她望向花园，思索要如何回应。听见休对他说了些什么，她心里很感激。她想，是她的错，不该说他有点像怪兽。她要放下这件事，忘掉它，喂他吃早餐。他讨厌自己比卡舍尔更矮小更年幼。他曾问过她，要到什么时候他们才会一样壮？会不会很久？卡舍尔从来不会打他，不会欺负他，但他始终意识到自己是占优势的。虽然马努斯出生时他才两岁，但他马上就扮演起新的角色——成为那个不会哭的人，没有脏尿布的人，不想被带到父母的床上去的人，不会抢弟弟漫画的人，不会和妈妈顶嘴的人。

她把玉米片和冷牛奶递给马努斯，休的那份让他自己搞定——他在厨房里显得比她更自在。她走出去，把洗了的抹布晾到绳子上去。她暗自在脑中记下，一定要找找有没有讲抚养男孩的好书，说不定能让事情好对付些。她站在那里，天色再一次昏暗。她走到花园尽头，拿走肯定是休昨晚遗留下来的帆布躺椅。

她记得弟弟来过这里，或许就在一年前。他曾目睹男孩们上床睡觉的情形。休当时负责照顾他们，而卡舍尔和马努斯，尤其是马努斯，想尽办法不睡觉，比如黏着他们妈妈，拒绝完成他们爸爸的任何指令。后来屋子静了下来，男孩们都睡着了，德克兰说这就是男孩们想要杀死父亲、和母亲上床的证据。如果还需要证据的话。

"他们只是想晚睡，"休说，"只是碰巧轮到我来照顾他们。"

"你想和你妈上床然后杀死你爸吗？"海伦问德克兰。

"不，不，"他笑着说，"同性恋男孩想要的正好相反，有时他们最后还真这样做了。"

"和你爸上床？"休问。他的语调很认真，非常严肃。

"对，休，然后生一个小孩。"德克兰讽刺地说。

"我还是想杀掉我妈，"海伦说，"也不是每天都这样，但很多时候都想。我根本没法想象有谁会想和她睡觉。"

她忘不掉这场争论：休显得很不舒服，他也不理解，在德克兰走后试图对她说，谈论杀害父母或者和他们睡觉，即使只是玩笑，都是一种亵渎。她小心翼翼不让自己显得不耐烦，同时意识到自己和德克兰轻而易举就能结盟，让休觉得他们是在嘲弄他。

走回厨房时，她想，或许这就是兄弟姐妹存在的意义，说不定卡舍尔和马努斯现在就在默默密谋着什么。

“天气预报说会有阵雨，”她对休说，“我已经安排好了。如果下雨，所有的桌子都会放到这里以及前面的房间里，我们可以把酒放到门厅里。不过我们还不用那么快决定。”

现在是六月底，休的这个学期结束了；明天早晨他就会带男孩们到多尼戈尔[①]。今晚他邀请了爱尔兰语学校里的老师，共庆学校成立一周年，当然还有其他朋友——音乐家、说爱尔兰语的人。海伦让他邀请所有的邻居，包括住在街尾的印度医生和他的老婆孩子。

“只要他们在这儿被喂饱了，就没人会抱怨噪音了。”她说。

“他们中有一半人像看着收税员那样看着我。我打赌那栋拐角房子的看守是奥法利郡人。他口音非常浓重。”

“你那个唱《荒土岩石》[②]的朋友是谁？那个看守一听到他唱歌口音就会变得很重。”

“是米克·乔伊斯。好吧，他很吵。你弟弟来不来？”

“我没问他，”她说，“他不会来的。我觉得他不会喜欢《荒土岩石》。”

“他和我们断联系了吗？”

“他很忙。他现在整天忙着做研究。”

---

① 多尼戈尔：爱尔兰西北部的多尼戈尔郡的一个城镇。

② 《荒土岩石》是一首爱尔兰民歌。

“那他应该有很多时间啊。”休笑了。

“我妈说他没日没夜待在实验室里。”

“你妈来吗？”他笑着说。

“想想看到我们这样烧钱她会说什么吧！”

“不过她来把门倒是会不错。”休说。

休对儿子、母亲、兄弟姐妹还有一半以上的朋友说爱尔兰语。他坚持说海伦实际懂得的爱尔兰语比她表现出来的要多，但这不是真的。他的多尼戈尔爱尔兰语口音太难懂了，她几乎不知道他在说什么。她知道，今晚肯定又有两三个坚持对她说爱尔兰语、丝毫不顾她没法听懂的人会惹毛她，不过这种生气很快就会消失。

今晚的派对上没有她的朋友，没有来自她任校长的综合学校的人（她仍然是这个国家最年轻的校长），没有家人，没有中学时大学时的朋友。有一两个女人，她认识，也喜欢，有时会见面，但她们不是亲密朋友。

她已经放弃了长久以来的信念，那就是她可以自得其乐，一个人独处时是最快乐的。想到生活中这始料未及的变化，她还会闭上眼睛咬住嘴唇。尽管如此，派对过后，她还是希望单独待个三四天甚至更久，能坐在花园里或厨房里的旧扶手椅上，读读冬天时留着以后读的小说，除了参加教育部的会议、面试新老师，什么都不做，在家里随便走来走去，知道只要没有急事，就不会有来电，不会要她即时响应。不过她也必须知道，休和男孩们只是离开一阵子，她很快就能重新见到他们。

第二天早上，休就会开车带着男孩们先去多尼戈尔，她随后坐开往斯莱戈的火车或坐大巴到多尼戈尔镇。她现在就能想象休接她时，看到她就会发现她是多么害怕自己对他强烈的依恋，她是多么努力地克制自己。经历不少苦难后，他已学会尽可能地信任她，但她知道这有时候很难。

休学校的门房弗兰克·马尔维和他儿子开着货车运来了桌椅，她控制住自己不去告诉他们东西怎么放。她惊奇地看着他们盲目地搬着，毫无规划、没有方向地走来走去。她笑自己如此关心这些事。

她决定去超市买点食物和啤酒。休已经挑好了红酒和杯子。从厨房窗口看出去，男孩们正在后花园扮飞机玩，他们绕着对方旋转，倾斜，然后俯冲，双臂像机翼一般展开。她叫马努斯过来，他没应声，她又叫了一次。他不情愿地走过来。

“我想让你和我一起去超市。”她说。

“卡舍尔去吗?”

“不，就你去。”

“为什么就我去？为什么不让卡舍尔去?”

“快点。”她说。

“我不想去。”他说。

“快点，把你的手也洗了，我们得快点。”

“我不想去。”

这时，卡舍尔已走过来看着他们。

“卡舍尔要帮爸爸安排桌椅。”她说。

“我想要摆桌椅。”马努斯说。

“马努斯，你要和我去。”她说。

他坐到车的后座，这样他就能通过后视镜看到她的脸。

“为什么要我跟你去？”他问。

“去多尼戈尔前你想理发吗？”她开车前往超市时，只想说些什么分散他的注意力。

“我不要剪头发。”他说。

“那就不剪，你决定。我只是问问你。”

“卡舍尔也不用剪头发。”

“这取决于你。你够大了，可以自己决定。”

这就是她的计划，她带他出来的原因。夜里睡不着时她已经想过了，她不会再把他当一个小孩对待，她要开始像对大人那样和他说话。不过现在作用正好相反。

“卡舍尔可以去剪头发，但我现在不带他去，就这样吧。”

她沉默着驶经罗斯法汉姆商场，在停车场停好车。

“我们要一辆手推车。”她说。

“我可以吃‘99’① 吗？”

“以后再说。”

“什么以后？”

“在你好好表现以后。你要怎么表现？”

---

① 99：是英国、爱尔兰地区的一种雪糕，圆锥甜筒盛着雪糕，上面插着一根吉百利公司出产的巧克力棒。

“完美无瑕。”他说。这是他新学到的难词。他看着她，期待她的认可，她笑起来，他也忍不住笑了。

“我们要买什么？”他们推着手推车进入超市，他问道。

“我都写在单子上了。肉末，洋葱，啤酒，色拉。”

“你要我来干什么？”

“在我付账的时候看好手推车。”

“无聊。”他说。

“你觉得我们要大罐的啤酒呢还是小罐的？”她再一次用大人的口吻问他。

“无聊。”他重复道。

回家后，她看见桌椅都已经在花园里摆好。她打开厨房抽屉拿出塑料桌布。男孩们又在扮演飞机玩。

“如果下雨的话，我们就把东西都搬进来。”休说。他们都审视着花园。

九点钟的时候第一批客人来了，是两个男人和一个女人，他们带来一提六罐装的健力士黑啤酒和一瓶红酒。女人背着提琴匣。

“我们是最早来的吗？”那个戴眼镜鬈头发的高个男人说。他们看起来不太自在，好像有点想转身离开。海伦不认识他们，应该也没见过。休向她介绍他们。

“坐下，快坐下，我给你们倒杯酒。”休说。

他们在厨房坐下，朝外看着桌子和长长的花园。他们什么都没说。两个男孩走进来，端详他们，又走出去了。

“丹尼斯来吗?”休用爱尔兰语问，另一个男人用嘴角发声回答，好像在说什么搞笑乃至讽刺的东西。其他人笑了起来。海伦注意到他留着过时的鬓角。

休将酒递给他们，其中两人走进花园，只留下那个长鬓角男人。海伦想起她好像面试过那个女人，或她可能在学校里工作过一阵，但海伦也不太确定。休和他的朋友用爱尔兰语交谈。海伦想着自己有没有穿对衣服出席派对；她透过窗户看着那个女人，注意到她的牛仔裤、白上衣、染过的头发，她看上去多么轻松自然啊。海伦朝冰箱走去，确认一切都准备就绪：墨西哥炖牛肉只需要重新加热，饭已经煮好，沙拉也已备好，刀叉纸巾都已放好。她开了几瓶红酒。

这时，又一群人来了，一人背着吉他匣，另一个人背着长笛匣。她认出了他们，他们也向她问好。她看见其中一个女人在厨房四处张望，好像在找着什么线索，或是她上次拜访时留下来的东西。她走向拿吉他的男人，想要将那提酒放进冰箱，他说他会拿着，又对她微笑，仿佛在说他去过的派对比她多。他对她太友好直率，并不显冒犯。

“如果你还想要，冰箱里还有。”她对他说。

“如果我想要，我会问你的。”他说。

他又微笑。他的眼睛是棕色和深绿色的混合。他皮肤很干净，个子非常高。她意识到，他是在和自己调情。

“我有话要说。”她说。

“什么?”

“没，没什么。”

“什么？说吧。”

“我本来想说，你看上去像那种想要更多的人。”

他微笑，正视她的凝视，而后把手伸进口袋拿出一个小开瓶器。他开了一瓶健力士递给她。她害怕地拒绝了，他看起来倒有几分惊讶，被冒犯到了。

“现在太早了。”她说。

“好吧，干杯。”他说着举起瓶子自己喝起来。

接下来的一小时里，她忙着开瓶斟酒，努力记住每个人的名字和面容。天逐渐变黑，休将埋在草中的发光装置点亮，它们一闪一闪发出耀眼的光芒。她将菜肴拿出去，休穿上条纹围裙上菜，客人也已经坐好。卡舍尔、马努斯还有几个邻居小孩单独开了张小桌吃披萨、喝可乐。

“我们最好留一些食物，”休说，“有几个要到酒吧关门后才会来。”

印度医生和他的妻子来得早，跟每个人打了招呼，喝了杯橙汁就离开了，但他们七八岁的长子留了下来，和男孩们一起坐在小桌旁。海伦答应会送他回家，他不会待得太晚。住在邻门的奥米亚拉斯一家——她也不知道他们靠什么谋生——独坐桌边，看着周围的欢笑与愉悦。海伦意识到自己应和他们一起坐，很明显没人会关注他们。她很庆幸那个看守和他妻子没有来。

“上帝啊，我们不用和你说爱尔兰语吧？”海伦刚在他们身边坐下，玛丽·奥米亚拉斯就说，“我刚还和马丁说我们在学校里应该多学点的。上帝啊，我一个词都听不懂。我就记得一句‘我可以出去吗’。”

海伦并不想让他们知道自己也不会说爱尔兰语。她准备好了和他们一起吃东西，但没准备好和他们一起茫然失措。她发现又有几个人来了。其中一个是休的朋友，叫夏兰·达菲，他带着爱尔兰风笛箱。休的朋友里她最喜欢他，觉得他最好相处。她觉得他也不太会说爱尔兰语，不过他是个著名的风笛手，她注意到他进来时有很多人都转身看他。她喜欢他孩子气的自信，他那张干净坦率的面容。他让她想起休来，只是他块头更大。休领着夏兰·达菲和他的朋友来到她那张桌子前。每个人都握了手，她发现就在一瞬间，奥米亚拉斯一家突然没了那种被遗弃的隔绝感，忙于接纳新同伴。休拿出墨西哥炖牛肉、米饭和沙拉，又折返去拿酒。

海伦起身去关掉前门，之前开着是为了方便人们进出。她看到六罐装啤酒的包装盒被小心地放得到处都是，就如同一块块领土。她想，这些事情休永远不会干，他不会这样举止不雅。她想，等他的朋友变得更老更富有了，他们也会改变的。

她回到厨房，他那个眼睛介乎棕色和绿色的朋友出现了。他站在她面前。

“又是你。”她说。

“劳烦你，我想知道洗手间在哪。”他模仿乡村口音说。

“在这里到特雷纳[①]间的某处，”她说，“好吧，说认真的，在

① 特雷纳：都柏林一个居住型郊区。

楼上，楼梯上去就是。你会找到的。”

“好，在你家里很愉快。”他说完就走开了。

她走回去和奥米亚拉斯一家共坐。夏兰·达菲坐在她对面，目光相碰，他使了个眼色，好像在说他看透奥米亚拉斯一家了，但他什么也不会说。她对他笑了，似乎在说她知道他在想什么。他向她说了些什么，但周围太吵，她听不见。

在上水果沙拉和乳酪前，她数了数桌边的客人数：三十七个人。比他们预料的人数少四五个，或许就像休说的那样，有几个人正在酒吧里。酒吧关门的时间是十一点半。现在已经十一点了，她想是时候将印度男孩送回家了，她必须弄清楚他的名字。他正在和卡舍尔、马努斯还有其他男孩人笑着。她决定让他们再待一会儿。

还有许多客人在外面的桌边，这时厨房里响起了音乐。那个带了半打啤酒的男人弹起吉他，他的朋友吹长笛，那个穿着牛仔裤和白色上衣的女人拉提琴。他们的演奏随意、不拘束，几近散漫。海伦知道，表演得紧张只会让人皱眉乃至嘲笑。长笛手是主角，决定节奏。音乐中有种奇怪而反复的欢愉感，演奏者一直让人感觉他们是在自娱自乐或取悦彼此，并没在吸引观众，也不求惊艳任何人。

人们慢慢从花园搬椅子进来，有人关掉了厨房里的主光灯，只留下两盏座灯亮着，其他人也加入了演奏：有一台提琴、一个曼陀林、一台手风琴。休还在忙着开酒瓶倒酒。她知道他喜欢这音乐，这半明半暗的房间，人们的陪伴，还有开怀畅饮。这让他想起家乡，想起在都柏林几乎不可能发生的事情，想起这里的大部分朋友都做不来的事情——因为他们太谦逊，太懒惰，太愿意随波逐流，随便发生什么都无所谓。

突然周围静下来，一个女人开始唱歌。海伦认识她，她和自己另两个兄妹一起出过几张唱片，最近出了张个人唱片，休听了一遍又一遍，海伦也慢慢开始喜欢上。这晚早些时候海伦还在楼梯上碰见她，还记得她羞涩友好的笑容。现在她站在房间内侧的墙前，轻松而有权威感地唱着，宾客中有股近乎恭敬的肃静。海伦知道，这个女人不常公开演唱，如果叫她去唱，那么她一定会拒绝，建议让别人代劳，自己坚决不唱。在音乐的间歇她的声音突然响起了。海伦知道她来自多尼戈尔，但休只在都柏林和她碰面。她的爱尔兰语口音完全是多尼戈尔的腔调，她声音里那股抑扬的劲则完全属于她自己，海伦看到奥米亚拉斯一家都充满敬意地看着她。歌唱完了，女歌手坐下，微微一笑啜了口酒，好像什么也没发生。

音乐再度响起，但这次节奏更快。有人拿出一个宝思兰鼓①，闭上眼睛敲打起来。海伦送奥米亚拉斯一家到前门，然后想起那个印度男孩，便走回去找他。他正在桌边玩闹，被卡舍尔、马努斯还有另一个被允许留到派对结束的男孩追赶着。她打断游戏时，

① 宝思兰鼓：是爱尔兰、苏格兰地区的一种手鼓，用山羊皮做的。声音很有力，用来给音乐打节奏。

真希望自己先前也能争取让他待到结束。

她带他沿着大街走到他们家门前。

“你爸妈会不会还没睡？”她问。

“我妈妈会一直等着。”他笑着说。她真希望卡舍尔和马努斯能像他这么有礼貌。

“希望她不会责怪我留你到这么晚。”

“不会的，她不会怪你的。”男孩严肃地说。

海伦回到自己的屋子前，看着光线从街灯中漏出，道路沐浴在阴森的黄光中，路边和私人车道上停着日产、丰田、福特嘉年华。半独立式住宅看起来完全一样，都是为那些渴求安静生活的人建的。想到这里，她站在屋外独自微笑起来，这时一辆出租车开着车灯靠近了。她看着司机拿着手电筒下车。

“我们在找布鲁克菲尔德公园街，”他说，“我们找了所有的布鲁克菲尔德什么什么街，再往西一点就是荒地了。”他用手电筒照着邻居的门口。

“就是这儿。你们到了。”她说。

出租车车门开了，四名乘客下车，每个人的手臂下都夹着一袋罐子。“就是这里了。”一个人说。她认不出任何一个人。

“是海伦啊，”其中一个人说，“我们就像个白痴一样四处绕。”

“我认得你，”她说，“你是米克·乔伊斯。现在出来对你来说是不是还不够晚？”

“等一下，我先付钱。”他笑着说。

出租车开走了，她陪伴四个新客人走进派对。米克·乔伊斯来过这里几次了，他是律师，休学校里的法律事务都是他处理的。休说，他是这个国家最好的律师，他懂得所有的花招，火眼金睛，但是休也用同样的话讲过好几遍他的故事——一旦夜幕降临，他无乐不作，无处不去，只要他觉得有乐子可寻，会不惜当晚往返凯里郡①。他有一股浓重的戈尔韦口音。

“这是屋子的女主人。”他对其他人说。他们和她握手，但他没有介绍他们是谁。

“我们为你们留了食物。”她说。

“您真是很棒的女主人。”他说。

他沿着走廊走到厨房，站在门口，仿佛他是这里的主人，或尊贵的客人。音乐停止，好几个人大声问候。休给他和他的同行者倒了酒，音乐又再响起。

海伦看见夏兰·达菲正在组装爱尔兰风笛，好几个人都在细细端详。这活儿进行得缓慢而一丝不苟，她发现正在进行的演奏都被这准备工作夺去了风头。她看着米克·乔伊斯走进花园找到马努斯，然后将他举到肩膀上，逗得他大笑大叫，卡舍尔和他的朋友跟着他们在花园里四处跑动。她记得每次米克来家里时他都会找马努斯，好像他是专门来找他似的。马努斯很喜欢他，休的朋友中他也只提过米克。

---

① 凯里郡位于爱尔兰西南部，是爱尔兰最西的郡。当晚往返是形容他哪怕再远也要去。

风琴奏响，米克·乔伊斯和男孩们回到屋子里。有人已经走了，但是厨房里还有一半人，他们再度安静下来，此前安静只留给了那位歌手。之前演奏的人将乐器放下。海伦知道，这是一个等级分明的世界，没人赶得上这位演奏者的声望。他们满怀尊敬地听着，深深陶醉在卓越的技艺中，享受着笛管和单音管的振动，还有那收放自如的感觉。卡舍尔和马努斯学过爱尔兰锡口笛。他们坐在地板上听着，马努斯同时确定米克·乔伊斯就坐在自己身后的椅子上。他们专心地听，虽然现在已过午夜，他们三个小时前就该睡了。

海伦坐在地板上，在这个夜晚第一次放松下来。她注意到旋律和节奏在变化，变得更快，呈现出完美的技艺，充满暗示与嘲讽、欢快的花样和转折。房间中烟雾缭绕，瓶瓶罐罐都被用来当烟灰缸。人们或站或坐，在四周聆听音乐。休双肩抵墙站着，捕捉到她的视线，对她咧嘴一笑。

风笛停下后，人群渐渐散去。这时有人朝米克·乔伊斯喊起来，说他还没唱歌，这晚是不完整的。

“我醉得太厉害唱不了。”他喊道。他站起来，指着那个弹吉他的男人还有他弹曼陀林的同伴。“不用排练了，直接一起来，”他命令他们，“你们会把我搞糊涂的。”

“我觉得你醉得唱不了了。”其中一人说。

“如果你想听，我现在就唱。”他说。

他唱起《荒土岩石》。他的音量比刚才海伦所听到的他的声音更大。卡舍尔和马努斯还坐在地板上，为他表演中那纯粹的激情而着迷，他的面容都要被歌曲的激烈情绪点亮了，好像随时都会和别人打起来或者爆掉血管一样。有些已经走到前门马上要离开的人又走回来聆听歌曲的结尾：

我希望英国女王会及时给我写信
流放我到她的辖地度过青春壮年
我会为了爱尔兰的荣光日夜战斗
我再也不会回来耕犁这荒土岩石

结束演唱后，他将马努斯举起来，孩子拉扯他的耳朵，他不禁笑起来。他看着海伦，好像在说他把他们都愚弄了。海伦给了他一罐冰镇啤酒，他开了后先递给马努斯，但马努斯拒绝了。他不喜欢啤酒的味道。卡舍尔举起手问能不能要一点，米克·乔伊斯将酒罐递给他，他掉转头喝酒。他发现海伦正看着他。卡舍尔自己能喝一点啤酒，但他也不太确定她会如何反应。

“他给我的。”他边把啤酒递回去边说。

“你会醉的，”她笑着说，“醒来你会宿醉的。”

海伦关上了花园的门。派对将近结束。她记得休说过，米克·乔伊斯只会唱一首歌，这让她颇感宽慰。他唱得很大声，两侧的邻居肯定能听到，说不定街上更远的地方都听得到。她对米克·乔伊斯感到奇怪：他那么喜欢小孩，为什么不自己养一个，还有他怎么能在举止和言语方面都装得仿佛自己正置身爱尔兰西部？她很想知道嫁给这样的一个人会怎么样——他是自制与混乱的结合，毫无章法可循。休用爱尔兰语唱起歌来，鼻音浓重、声线纤细，但同样动人清澈，海伦转过身来看他。他闭上了眼睛。只有十多个人还留在这里，两人加入了演唱，一开始声音轻柔，往后就响亮起来。她站着思考起休这个人：他多么随和，始终如一，谦逊得体。这种时候，她常常会想，他为什么想和她一起，他怎么会需要一个毫无他的优点的人，她突然感到和他疏远了。她决不能让他知道，她平日里常有对抗他、不让他靠近的冲动，也不能让他知道自己如何苦苦抑制这种冲动，且常常失败。

他曾努力理解这一点，也为之恐惧，通常只能假装没事，当她只是来例假或者是心情不好。一切都会过去，他会等待，时机合适就将她拉回来。她则会躺在他身边，心中半是感激，同时也知道他故意曲解他们之间的问题。现在她看着他扯高嗓音唱出最后一句歌词，他显然很喜欢歌词的音韵。她知道换了别人估计就会暴露她心中这块动荡不安、没有信任的秘密之地，就像休把它遮掩起来一样。

二

她早早醒来，莫名感到失望，如同错过了重要的东西。她的嘴巴很干。她知道自己不会再睡了，干脆躺着回想派对上的事情。她突然觉得自己就如同小孩，因为兴奋之事被睡觉或枯燥的任务替代而感到不悦。

才八点钟，她只睡了四个小时。她起床洗漱更衣，收拾派对残局，将洗碗机清空了又填满，包好装满垃圾的黑色塑料袋，将它们扔到后门外。休出现的时候，工作已经完成得差不多。他穿着平角短裤和T恤。

“你应该把事情留给我做的。”他说。

“已经弄完了，”她说，“你可以专心打包行李。”

她站在水槽边，他走过去抱住她。

“我会想念你的，”他说，“我分分秒秒都想和你说话，可惜你不在身边。”

“如果我不用去教育部开会、为学校面试，我会改变主意的，不过这也就一周左右。”她说。

她闭上眼睛，嘴巴凑到他的脖子上。缺乏睡眠只加剧了她对他突如其来的渴望，她开始抚摸他，他则缓缓吻她。她张开眼睛时却看到卡舍尔正透过厨房门缝仔细看着他们。她微笑着轻轻用手将休推开。

“卡舍尔，”她说，“你的早餐在桌上。我们要去躺一会，不会太久的。”她担心休短裤里的勃起太明显。

卡舍尔保持沉默，一边看着他们一边走向餐桌。他们走上卧室并关上了门。

“可怜的卡舍尔，”她说，“希望他还好。我想我们要是在大干一场，情况估计会更糟糕。”

“糟糕得多，”休笑了，“糟糕得多。”

十一点的时候，男孩们的行李已被放到汽车行李箱里，休的帆布背包则放在后座上。海伦为他们写好了指引。

“你要经过巴利香农①，”她说，“你别开到北爱去。”

“是的，妈妈。”休说。

“我肯定你已经忘了些什么。”她说。

“我们忘了和你吻别。”他说。

“你要提防那些多尼戈尔人，”她愉快地说，“他们很狡猾。”

她确认男孩们已在后座上系好安全带。马努斯不耐烦了，想要赶快走。他拒绝和她吻别。“我等到烦了。”他说。

车开走了，她朝他们挥手。

走回屋子时，她知道接下来的一两小时会是独特的时刻，她

① 巴利香农：爱尔兰北部城镇，位于多尼戈尔以南，靠近北爱尔兰。

能好好享用这沉静的空房间，还有休、卡舍尔和马努斯所留下的欢快。

弗兰克·马尔维还有他儿子在午餐之前来收走桌椅。他得知休和男孩们已经去了多尼戈尔，点了点头看着她。“你在这里没问题吧？”他问。

“没问题的。也就几天。”

“我太太，”他说，“绝对不会让我逃出她的视线。”

她站在前门，看着最后一张桌子被堆到货车上，这时有一辆白色小车开进街道，一个男人一边开车一边伸头张望着房屋。弗兰克和他儿子关上货车的后门时，她看到小车开过去了。

“这周围真够安静。”弗兰克看着街道，进入前座。

“你应该听听我们昨晚的声音。”她说。

“你不是都柏林女人，对吧？”他问。

“对的，我是韦克斯福德郡人。我来自恩尼斯科西①。”

“韦克斯福德郡，”他说，“我们多年前曾骑摩托车到考敦②旅游。”

“科唐到处都是都柏林人。”

“那是我们最甜蜜的时候，但那也是好多年前的事情了，你还没出生呢。”他关上了门。她看着他还有他那不说话的儿子系上安全带。他开车走了，还按了下喇叭。

---

① 恩尼斯科西：爱尔兰东南部的韦克斯福德郡第二大城镇。

② 考敦：韦克斯福德郡一个村庄，同时是一个沿海旅游景点。

那辆白色小车拐到路上，朝着她缓缓开来。她意识到他是在找路。他驶近她，拉下车窗。

“我在找奥多尔蒂一家，门牌是五十五号。”他说。

“就是这里。”她说。

“你是海伦吗？”他问。

他给人一种急切又友好的感觉，但又很正式。她突然想到，他很可能是个带着介绍信或简历来找工作的老师。她好奇他是怎么拿到地址的。她脸色暗了下来。

“是，我是海伦。”她僵硬地说。

“等会儿，我去停车。”他说。

过去两周她一直在面试老师，她想自己能辨认出他是哪种人：自大自信，管不住嘴巴，教员休息室里的大麻烦，在课堂上却一筹莫展。她在门口等他。

“我是保罗，”他说，“我是你弟弟的朋友。”

她没有说话，还是怀疑他是一个老师，而德克兰将她地址给了他。她又怀疑德克兰会不会做这样的事情，但她也不确定，她好多年没见过德克兰的朋友了。

“你可以进屋，但之前这里举行过派对，屋子里一团糟。”

“一个派对？”他问。他的语调很奇怪，充满怀疑。

“是的，我说的就是——一个派对。”她强调地说。

她将他带到厨房坐下。她什么也没给他。她以为他会坐下，但是他还是站着。

“德克兰在医院里，圣詹姆斯医院。他让我来这里告诉你。”

海伦站起来："我很抱歉。我以为你是来找工作的老师。"

"不，谢谢，我有工作。"这回轮到他的语气变得讽刺。

"他发生意外了吗？我的意思是，他还好吗？"

"没有，他没发生意外，但他想见你。"

"他在医院里多久了？不好意思，能再问一次您的名字吗？"

"保罗。"

"保罗。"她说。

他犹豫了一下："他说他想见你。我不知道你现在情况怎样，但我可以开车送你去圣詹姆斯医院。"

"他要现在见我？哎，是不是很严重？"

他再次犹豫。

"我问你，他还好吗？"她问。

"我上午见过他，他情况不错。"

"你声音听上去不太肯定。"

他没回应，她也就不再问了。她看了看表：一点十分。

"我四点要去教育部开会，在马尔堡街。"

"如果你现在就去的话，四点前能到马尔堡街。"他说。

她意识到他在等自己问下一个问题。"好，我现在就去，"她说，"但我要花几分钟准备一下。"

她到楼上换上海军蓝套装还有白色衬衣（休管这叫修女装），同时仔细回想保罗说了与没说的一切。他完全可以说只是一些小问题。就算他整天追逐坏新闻，喜欢危言耸听，他也还是可以说点表明德克兰病得不重的话。也许他说上午见过德克兰且他情况不错，是在表明其实没什么大问题吧。她站在浴室的镜子前化了淡妆。她突然感到一种冲动或者说渴望，起初还说不清这到底是什么感觉，过了会儿她明白，她是想回到保罗到达前的屋子里，回到半小时前，楼下的房间里还没有他带来这沉重而不祥的消息。

她梳完头，在全身镜前审视自己，然后不情愿地下了楼。她一看见他在厨房里，心里就有一种强烈的厌恶，但她知道自己必须控制自己。

她在前屋找到公文包，把书都清出来，只留一个笔记本还有几支圆珠笔。她确认楼下的窗户关好了，打开电话答录器，带好了钥匙，然后告诉保罗自己准备好了。

他们默默驶经罗斯法汉姆和特雷纳。海伦知道，她接下来问的问题将要引出的信息，会消除自己所有疑问。

“你最好告诉我发生了什么。”她说。

“德克兰得了艾滋病。他病得很重。他让我来告诉你。”

她的第一反应是赶紧逃离这辆车，找到下一个红绿灯，然后打开车门跑到街上，成为走进报刊店的人，或者等巴士的人，成为谁都行，只要不是现在坐在车里的这个人。

“如果你想停，我可以先停下来。”保罗说。

“不用，继续开吧，我会没事的，”她说，“他病了多久？”

“他好久之前就验出阳性了，但这两三年才开始发作，不过他看上去还可以。去年情况变得很糟糕，但他还是熬过来了。他胸部插的导液管引发了感染，一只眼睛也有问题，一个月做一次化疗。他现在比之前虚弱得多。他非常担心你妈妈。”

“所以他也没告诉她？”

“没有。他决定——我也不知道‘决定’是不是合适的说法——到最后一刻才说。”

她又觉得没法面对自己下一个问题的答案。她真希望自己对保罗有更多了解，那就能判断他说“最后一刻”时是随意的还是认真的。她仔细想了想：他说话都是有分寸且慎重的，如果不是实情如此，他不会使用“最后一刻”这样的字眼。

“他快要死了吗？”她问。

“这次情况会更严重。”

“他在医院里待很久了吗？”

“断断续续，大多数时候他都去看门诊。”

“我妈妈告诉我他很忙。”

“他没在工作。他也在避免见到你和你妈妈。”

“那他靠什么生活？”

“他有储蓄，也在断断续续地工作。”

“德克兰有男朋友或伴侣吗？”

“他没有。”保罗断然说道。

“他一个人住吗？”

“不，他和朋友们待在一起。他偶尔会去旅游。复活节的时候他去了威尼斯，我们有两个人陪他去的，不过他精力不济。他在巴黎待了一个周末，但他在那儿病得很重。”

“照顾他一定很难。”她说。

“不，现在才难，他变得更加虚弱了，他也讨厌待在医院，不过他真是世界上最好的人。”

“他为什么不告诉我们？”

他们被堵在卡兰布莱塞街。保罗迅速看了她一眼。

“因为他没法面对。”

从他说话的方式她意识到，他还是把她当做一个局外人，一幅画面中不得不放进去的远景人物。她想，德克兰已经用朋友代替了家庭。她希望他把她当做朋友。

车沿着托马斯街向前开，他们什么都没说。她还是搞不懂保罗——他既有冷淡直率的语调，也有更为柔软、富有同情心的一面。他们经过啤酒厂，左拐进了医院。他开到一旁的停车场上。

“有没有专管德克兰的医生或顾问医生①？”他们一起走向其中一栋建筑，她问。

“有，不过她今天应该不在。”

“她？”

“是的，路易丝。她是顾问医生。”②

“德克兰喜欢她吗？”

“他喜欢她，她是个好人，不过‘喜欢’这个词不是很恰当。”

他们走到接待大厅里，她问他是干什么的。

“我为欧盟委员会工作，”他说，“这段时间我在休假。”

医院的这一侧是老房子了，有着高高的天花板、发亮的墙壁，

① 顾问医生：富有经验、专事某一领域的高级医生。

② 作者在这里玩了个文字游戏。英语中的“他、她”是读音不同的两个词，海伦一开始以为顾问医生是男的。

还有回音激荡的走廊。保罗带路，也不说还有多远才到德克兰的房间。她不知道他什么时候会转身开门，让她见到德克兰。多么令人震惊啊，不到一个小时前她还在自己的房间里，丝毫不受干扰。

“对不起，保罗，”她在走廊里拦住他，“我必须要问你——他现在能活几天，还是几周，几个月？我们到底在讨论什么？”

“我也不知道，这很难说。”

他们说话的时候，一个穿着白大褂、脖子上挂着听诊器的医生走过来。

“这是他姐姐。”保罗说。医生远远点点头。

“现在先别进去。”保罗说。他看起来有些分神。

海伦看看表，现在两点钟。

“她三点半要走。”保罗说。

“我随时可以取消会议。”她说。

“在这里等会儿，”医生说，“我进去看看。”他沿着走廊走，安静地打开右侧的一扇门。

“你该知道，我是有名字的。”她对保罗说。

“对不起，我应该好好介绍你的。”

“德克兰要怎么应付我妈妈？”她问。

“他想要你告诉她。”

海伦苦涩地笑起来。

“我有时会和她打电话，但我也不太知道她住在哪儿。我的意思是，我有她的地址，但我没去过。我们相处得不好。”

“这我都知道。”保罗不耐烦地说。他声音听起来就像在主持会议。

“还有呢？”她问。

“他想要你去告诉她。你可以用他的车。就在停车场里。我有钥匙。”

医生回来了，叫他们跟着他走。“他想要你们同时进去。”他说。

房间很暗，但海伦还是可以辨认出床上的德克兰。他注视着她，笑了。他比三四个月前她最后一次见到他时瘦了，但看起来病得不重。

“保罗，”他声音嘶哑地低声说，“能不能打开窗，拉开一点窗帘。”他想坐起来。

一名护士走进来量了他的体温，写在表上，离开了。海伦留意到德克兰鼻翼上有一块又黑又丑的瘀青。他开始和保罗说话，仿佛她不在似的。

“所以你觉得她怎么样？”

“你姐姐？她本来能成为一位好母亲。”保罗笑了。

海伦沉默着一动不动。她想微笑，强迫自己想想现在德克兰多么痛苦。她想掐死保罗。

“不过她很和善。”保罗补充道。

“海莉[①]，”德克兰说，“你会去搞定那位老太太吗？”

“你真的想见她？”

“是的。”

---

① 海莉是海伦的昵称。

“什么时候？”

“尽可能快。你会去告诉外婆吗？”他闭上了眼睛。

“你真该见见我外婆，保罗，”德克兰说，“她会让你守规矩的。她简直就像去漆剂。”

“没问题，我会去外婆那的，”海伦说，“我相信没问题的。休还有男孩们在多尼戈尔。”

“我知道。”德克兰说。

“你怎么知道的？”

“我一个朋友昨晚去了你的派对。”

“谁？”

“谢默思·弗莱明。他认识休。”

“他长什么样子？”

“高瘦，眼睛很漂亮。他经常和人调情。”保罗插嘴。

“他弹吉他吗？”

“弹。”德克兰说。

“他是同性恋吗？”

“像雪一样纯。”德克兰说。保罗笑了。德克兰闭上了眼睛，重新躺下，什么都不说。

海伦愤怒地皱起眉头。一时竟无人说话。德克兰看上去像睡着了，但他又睁开了眼睛。“你想要什么东西吗？”她问他。

“你是指葡萄适[①]或者葡萄吗？不，我什么都不要。”

---

① 葡萄适：一种运动饮料。

“这真的是巨大的打击，德克兰。”她说。

他闭上了眼睛，没有回应。保罗将手指放到唇边，示意她不要再说了。他们隔床对望。

“海莉，我对一切都很抱歉。”德克兰说。他还是闭着眼睛。

离开医院前，他们又和医生交谈起来。海伦注意到，保罗对医生非常友好，他们也很熟。医生告诉他们，顾问医生（他也叫她路易丝）明天会一直在，她随时能接见海伦和她妈妈。

“我必须得让自己相信，”走出去时海伦说，“这一切都是真的。你们都那么不带感情，而实际情况是他要死了，我还要去告诉我妈。”

“没有人不带感情。”保罗冷酷地说。

他和她一起走到了新医院前面的停车场。他打开德克兰的车，一辆破旧的白色马自达，将钥匙递给她。“你之前开过这样的车吗？”他问。

“没问题的，我肯定。”她说。

“我明天基本上一天都在，”他说，“不过还是把我家电话给你，我已经写下来了。还有，我觉得他并不是非得住在医院里。他明天要重新插导液管，我猜明天上午很早就能做完。但之后他们应该就不会对他做什么了，只是观察他。进医院容易，但要让他们放你出去就难了。如果你和你妈妈告诉路易丝你们想要带他出去，哪怕就一天，她也会听你们的。”

“明天的关键是我妈。”海伦说。

“不，你等等，”保罗说，“关键的是德克兰，不是你妈。他在病房里变得很沮丧，这不是一件小事。这是头等大事。”

“谢谢你的纠正。”她说。

她进入车里，关上门，拉下车窗和他说话。“我很感谢你所做的一切。”她说。她尽力表明自己是真诚的，后悔起之前那充满敌意的语调。

“好吧。”他说，然后转移目光。他想要说些什么，又止住了。他看着她，脸上的表情敌意颇重。“再会。”他说。

她发动车子，开出医院，进入市中心。她在马尔堡街找到一个停车位，拿出公文包，将钱放进停车收费器，走向教育部的接待前台。

她到早了，坐下等待着。她知道，如果休在的话，他一定会让她回家的。她真希望他就在外面的车里等着她，和她一起去韦克斯福德镇[①]。他可能已经在多尼戈尔了，正在将男孩们安置到他妈妈家里。离开之前她会打电话给他的。她想到他和男孩们，还有即将参加的会议，思维一直很跳跃，她发现自己每次都没法集中注意力找出问题所在，但它先像梦中的黑影一般，而后逐渐变得真实清晰——德克兰，那家医院，她的妈妈。以前她担忧顾虑的，大都是些可以解决或很快会过去的事情，但这件事情是前所未遇的——她相信这就是自己不想去思考它的原因，这件事情不

① 韦克斯福德郡的郡府。从都柏林开车到韦克斯福德大约需要两个小时。

会过去，只会变得更糟糕。她意识到，自己愿付出一切，只求它消失不见。

其他学校的校长到了，门房带他们上楼。

“部长在这里，”门房说，“他希望开会之前能先认识你们。”

一年之前，部长到海伦的学校为新的科学实验室揭幕，之后他在她的办公室待了一个多小时问问题且仔细聆听。

她走进房间里，看见几个她认识的公务员，其中一个还和她常有过节。因为部长马上就要过来了，他们现在都很有礼貌，弯腰屈膝。他们相互握手闲谈，直到部长进来。

“部长说他之前已经在不同的地方见过大家了，但我还是要将大家介绍给他。”等级最高的公务员约翰·奥克利说。

部长问候每一个被介绍到的人，礼貌地让他们坐下。他自己一直站着。

“欢迎大家，”他开始说，“我知道你们都很忙，也知道大家都准备去度假了，我们非常感激大家今天能到这儿来。这是非正式的会议。最后会有一份报告，由约翰·奥克利负责，圣诞节之前会完成。我专门叫大家来，是因为各位的学校都在某一些方面做得非常好，而其他学校在这些方面则很弱。我最关心的是旷课的问题，包括老师和学生。海伦·奥多尔蒂校长的学校任何情况下师生的缺席率和病假率都是最低的；修女校长的教会学校在欧洲语言方面取得了优异的成绩，特别是在口语方面；克朗梅尔[①]的

① 克朗梅尔：爱尔兰南部城镇。

乔治·菲茨莫里斯校长，你们的女孩们物理和高等数学都学得很好。这是其中的几个方面，我们想要知道你们的经验，推广开来。如果你们想提交纸质报告，请尽管提交，但从现在起到圣诞节为止，还要请你们来参加几个这样的非正式会议。还有，我想你们知道，如果你们有什么担心或问题，请来找我，直接找我或通过约翰·奥克利都行，大门永远开着。这就是我想说的。谢谢大家，下面我把时间留给你们。”

部长对着他们微笑，简短地对一个公务员说了什么。走出房间时，他看见了海伦。

“我一直想和你谈谈的，”他说，“我记得那天在你学校的时候，你告诉我你来自恩尼斯科西，你爸爸也是老师。但我到了慈善修道院，才听到更多关于你的事情，修女们说她们以前的一个学生现在成为都柏林的校长，你的娘家姓是布林，你的父亲是米歇尔·布林。我很熟悉你父亲。我们都曾进入欧洲教师协会爱尔兰分会的委员会，是最早的委员。”

“我父亲二十年前就去世了，”海伦说，“我没想到您还记得他。”

“这是一个巨大的损失，海伦，”部长说，“正如你所说，那时你可能太小了记不住这些，但他真是优秀且敬业，是最优秀的人之一。他一定为现在的你骄傲，海伦。”

部长的语调如此个人和私密，毫无保留，让海伦想要再和他说些什么，和他多交谈些事情，但他只是握紧她的手，而后走开和其他校长交谈起来。

海伦等到部长离开，走近约翰·奥克利。

“我得走了，”她说，“我不能留下来。我会把报告给你的，我们保持联系。”

“你可以在这里再待半个小时。”他说。

“我不能。”

“是因为部长和你说了什么吗？”他怀疑地问。

“我必须去韦克斯福德，”她说，“我会和你保持联系的。”

她走出走廊时，哭泣起来。一个公务员抱着一沓文件走出门口，震惊地看着她。她走下通往大厅的楼梯，走到停车的地方。她一直坐到感觉平静下来了，才在交通晚高峰开车回巴林特尔去①。

七点时，她已经在去韦克斯福德的路上。她打电话给休时，他已经想开车回都柏林了。他说，男孩们已经忘记了他的存在，他们着迷于堂兄弟们、海滩和奶奶的房子。他想要马上开车过来，但海伦说不用了，她会一个人去韦克斯福德，第二天会给他打电话。

她告诉他谢默思·弗莱明的事情，休说他记得谢默思问他什么时候去多尼戈尔，但他一直不知道他是德克兰的朋友，也不知道他是同性恋。

她说：“他来到派对时心里想着我们什么都不知道。想到这点

① 巴林特尔：都柏林南部郊区。

我感到不舒服。”

“一定是德克兰让他别告诉我们。”休说。

她向南开去，天色开始转亮。德克兰的车很旧，她只得开得小心翼翼，不从双行道旁边的狭隘小道超车。她不时觉得自己在梦中开车，而且是那种醒来仍不确定是否已结束的梦，不过经过拉斯纽[①]开往阿克洛[②]时，她确定自己非常清醒。夜色明亮，天色泛蓝，远处白云堆积。她丝毫没想要和妈妈说些什么。她开始想象要和妈妈共度的时光，在韦克斯福德镇或是在都柏林，她意识到自己想竭尽全力去阻止这一切发生。她开始考虑别的选择。

她考虑在韦克斯福德镇住一晚宾馆，早上再去找她妈妈。在前往戈里[③]的路上，她停在了因什[④]的托斯·伯恩酒吧，这时她确定自己要怎么做了。今晚她不去韦克斯福德。相反，她会到海边的卡什[⑤]去。她外婆就住在那儿，她要先告诉她。她会在那里过一夜，她外婆会知道怎么对付她妈妈的。

走进酒吧间时，她发现自己已经饿坏了。她之前从未在这里停过车，虽然她看到了“全天供应食物”的标志，但是发现每张

① 拉斯纽：爱尔兰东部村庄，位于爱尔兰国家一级公路 N11 路附近。
② 阿克洛：爱尔兰东部沿海城镇，位于拉斯纽以南，同样位于 N11 附近。
③ 戈里：爱尔兰南部城镇，位于 N11 附近。
④ 因什：位于阿克洛和戈里之间。下文提到的托斯·伯恩酒吧就在 N11 上。
⑤ 卡什：当地人对 Ballyconigar upper 的叫法，位于黑水村附近。托宾的长篇小说《石楠花绽放》和短篇小说《空荡荡的家》都以此为背景。

桌子上都放着完整的晚餐餐牌，还是感到很吃惊。她在柜台等了一会儿，以为会有人来告诉她厨房已关，但一个侍者走过来下了她的单，说他会将食物送到她的桌子上。他的口音和声调有典型的韦克斯福德郡特点，稍有些笨拙的友好和她已忘记但现在又重新辨认出来的直率，这让她在走到桌子旁坐下时心情变轻松些。她本还以为没什么东西能提起她的精神来了，但侍者嘴角带弧度的微笑让她感到几近喜悦。不过，她知道，真正改变她心情的，是推迟和妈妈会面的决定。

她的外婆多拉·德弗罗住在她先前经营的旅馆里，靠近卡什的悬崖。她已经快八十了，除了视力渐弱和阵发的坏脾气，还算得上很健康。海伦想象她的样子：长脖子，瘦长的脸，卷成圆髻的灰发，厚眼镜，瘦骨嶙峋的手腕，灵敏好奇警觉的表情，注意着风吹草动的迹象或邻居的新闻。海伦想起外婆在几周前的一次电话闲聊中说到自己将三块地各以一万五千英镑的价格卖掉了，便自顾自笑了。她挑衅地说，这笔交易没有询问海伦的妈妈。她的语调听起来就像阴谋者，寻求海伦作为盟友。

海伦曾经问外婆是不是和她妈妈相处得不好。老太太没有回应，只是提醒海伦，她爸爸去世之后，她对海伦妈妈有多好，她会安慰她，和她一起整夜坐着，和她睡在同一个房间。外婆又说，但她得到的回报多么少啊。听到海伦没有回应，她看起来颇为吃惊，好像被冒犯了。

海伦开到戈里，向左开入沿海公路，她自忖，带着坏消息寻求帮助时，还是找外婆容易些。要接近她妈妈可就没那么轻松了。

开到黑水村[①]时，海伦发现自己没法想象要怎么和妈妈说出这些。她知道，对妈妈的苦涩怨恨笼罩她生活已久，并没有退去；很长一段时间，她都希望不用再旧事重提。

她转到一条长巷，感到进入了一块新的领地。开始的一英里左右并没有房子，开进一片森林之后，一间崭新的平房出现在角落处。悲伤压倒了她，不再是刚才罩满身体的那种不详和震惊之感。这是种她可以处理的情绪，她不感到害怕。路面突然抬升，她看见大海在夏日斜阳下闪耀，这一切让事情变得轻松些。这股悲伤让她哭出来。她强烈地感觉到——这一切都会消逝，德克兰再也看不到这一切，再也不能走在这些小巷里，正如她父亲一样；很快他们就只是回忆了，而这也会随着时间消逝。

她经过老朱莉娅·登普西度过余生的地方，此处已成泥墟，她只想回到父亲去世前的日子，要她放弃什么都行。那时她和德克兰还是小孩，还不知道未来有什么等着他们。

她在外婆家大门口停下车，拉上手刹，关掉引擎。外婆出现在屋门处，虽然她站在阴凉处，还是用手挡住眼睛。

“海伦，你来了！”她说。海伦走过去。

她一生中从未亲吻过外婆，也没握过她的手，现在她走近外婆，还真不知道等会儿要怎么做。

“外婆，我很抱歉这样闯进来。”

---

① 黑水村：韦克斯福德郡的一个乡村，非常靠近巴利科尼加海滩。

“噢，这是个惊喜，这是个大惊喜。”

外婆审视她的脸，又向大门外望去，看还有没有人跟在后面。她转身走进屋子里。厨房里陈旧的AGA牌大炉具正开着火，房间里很暖和。海伦走进来，两只猫跳到碗柜上，坐着狐疑地看着她。它们经常在那儿俯视房间，去年把卡舍尔和马努斯震惊了一番。

“海伦，茶在这里，我可以给你做些吃的。”

“不用了，外婆，我刚喝过茶，在路上吃过饭了。”

她意识到外婆正按兵不动，什么都不问，等着她开口。

“外婆，我带来了很糟糕的消息。”

外婆转身，将双手放进围裙的口袋里，好像在找些什么：“海伦，我知道。一看到你我就知道了。”

她站着听海伦讲完了整个故事。她太全神贯注了，海伦讲完的时候，她觉得老太太能一字一句地复述出来。她之前忘记了厨房的角落里有一台大电视，她外婆接通了所有的英语频道和爱尔兰语频道。她会看纪录片和深夜档电影，自豪地表示自己对现代事物非常了解。她知道艾滋病，也知道人们在找治疗方法，也了解那漫长的病痛。“我们做不了什么，海伦，这样，”她说，“我们做不了什么。多年前你爸爸的癌症也是这样。医生也做不了什么。可怜的德克兰，他的人生才刚刚开始。”

“我要怎么应付我妈？”海伦问。

“海伦，你可以早上去韦克斯福德镇，委婉地把消息告诉她。现在就让她睡觉吧。之后她就睡不了安稳觉了。”

外婆沏好茶，将饼干放到碟子里。她在海伦对面坐下。外面还是明亮的，海伦感到自己迫切需要跑到海滩上去，从外婆强烈的关注中逃脱。

“我现在去给你铺床，”外婆说，“你去年夏天来过之后，房间还没被用过。你妈妈从来都不会住在这里，最近她也没来过。”

“您是不是和她闹翻了？”

“啊，没有。她还是觉得要带我去韦克斯福德镇。她问我，如果我在这里摔断腿了怎么办。我告诉她我现在有很多钱，我把地卖掉了，那些长满了狗舌草的弃耕地。我没和她商量，也没问过她的意见。这让她很不开心，但是现在她也接受了。她很善于遗忘，将事情抛在身后。我没征求她意见就装了中央取暖系统。过来，我让你看看。”

她站起来，海伦陪着她走到旧餐厅。她指向崭新的白色暖气片，又打开靠近餐厅的那两间卧室的门。里面有铁床和没盖上床罩的床垫，两个房间同样也有暖气片。

“我整间屋子都安装了，还在屋后装了一个大油箱。我还买了个冷冻柜，这样我就没有后顾之忧了。工程进行到一半时，她跑过来说房子会垮掉的。她说她已经在韦克斯福德帮我把一切都安排好了。‘莉莉，真神奇啊，’我对她说，‘你竟然没轻蔑地上下打量我，我离你和你的大车就隔着十英里。知道我有了钱你就来找我，这不是很好笑吗？’噢，她都气疯了。那时是复活节①，直到

① 复活节：每年过春分月圆后的第一个星期天。

五月底我才再见到她。她给我带来了这个。”她从围裙的口袋里拿出一台手机。她用左手拿着，仿佛这是只小动物。“噢，我告诉她我这屋子里装不了电话。我有些担心，所以我就把它留着，电源关掉，我从来没用过。”

“但是，外婆，您并不真觉得是钱的问题吧。”

“海伦，当然不是，但这是唯一一个说出来能让她别催我进城的理由了。噢，那时她都气疯了。她想到我告诉了你，会更生气的。上帝保佑她，现在她有别的事情要操心了。”

外婆走到窗边，透过窗帘望出去。

“外婆，今年到沙滩去容易吗?”海伦问。

“容易，他们挖好了梯级，梯级也都完好，就是最后一块全是泥灰和淤泥。”

“我想下去看看，就几分钟，这样我能思考，这是我人生中最漫长的一天了。”

“海伦你下去吧，我帮你铺床。你最好将车开到院子里，要不我会梦到它滑下悬崖。”

“我不会去很久的。”

屋后的山岭上仍能看见余晖。此时寂静无风，几乎没有一丝黑夜将至的痕迹。她感到好像被外婆治愈了，被外婆保护着。但她也知道，外婆努力表现出没有什么能伤害到她的样子，有一半是出于伪装，另一半则是出于坚毅，一种历经一世等待最糟的事情发生而练就的坚毅。

海伦沿着小路走，她只能看到微蓝的天际，想不出大海在这样的光线下会是什么样子。走到崖边她朝下看：蔚蓝一片，远处有深蓝墨绿的旋涡。大海颇为平静，波浪轻盈细语翻滚着。路的尽头没有栏杆，车很容易就开过去，沿着黏土和泥灰一路滚到下面的沙子上。但这里不会有陌生人，即使在夏天，这里也不会有闲散游客。

她找到梯级，努力下到海滩去。第一步还很容易，但很快她就得小心地移动，抓紧杂草和草丛，她试图躲开淤泥和湿泥灰却失败了。到了最后一级她必须跑过去；底部一直都有很多疏松的沙子。

她站在狭长的海滩上，浑身发抖。站在此处悬崖的阴影中感觉更冷、更暗，更像在八月末而不是六月末。一排海鸟几乎贴着平静的水面飞翔。每次浪潮涌来时，看起来都像不会碎掉，而只是随意地涌过来又被吸回去似的，但是每次浪花都不可避免地被抬升，再蜷曲起来，发出遥远的声响，最后安静地碎开。她相信，这声音与她无关，也和她所知道的一切无关。

从这里到基廷家那边的侵蚀已经停止或者慢下来了。没人知道为什么。几年之前，她外婆的房子会滑到海里看起来只是时间问题，迈克·雷德蒙家和基廷家的屋外厕所都已滑落。现在基廷家的旧白屋正在下滑，但也还有一间屋子屹立在她外婆家和大海之间。

侵蚀虽已停止，但海伦还是看到悬崖的每一层岩石间还是有粒粒沙子倾泻出来，仿佛有道无形的风在吹拂，又好像大地在缓慢地垮掉。现在天还够亮，向南望去她还能看到乌鸦角和罗斯莱尔港。她走着走着，沙滩变得越来越狭窄，石头越来越多。她听着浪花击打松散的石头，摇动它们，让它们相互撞击，而后又退去。朝基廷家那边走去时，她看见一座棚屋，红色镀锌铁皮已经掉落，光秃秃的墙面上还挂着几缕墙纸，任风吹打，很快它们也会滑落，不久就只有很少人会知道这里曾有一座山岭，在悬崖回去的路上有一间小白屋。

郡政府曾在这里放置巨大的岩石来保护悬崖，但毫无作用。她转身，看见卡什到帕尔峡和诺纳斯罗格①之间的海岸线和十年乃至十五年前一样，好像时间停滞了。天色变暗了，夜幕正在降临。她想沿着边克·雷德蒙家旧址所在的缺口走上去，然后沿着小路回到外婆的屋子，如果路更好走的话她也可以朝崖顶走。

她注意有些东西掠过眼角，转过身来她再次看到了：远处塔斯克礁②的灯塔正在闪光。她站着遥望，等待下一道流光，但过了好一会儿才等到。夜幕降临，她又等待起来。

她继续行走，现在她知道自己要面对的是什么了。她想象身处都柏林的德克兰，他非常害怕，回想往事，独自一人在医院的狭小房间中面对眼前的漫漫长夜。她很难想象这一切，刚开始想，她就打住了，转而开始想象他现在开着车来到这里，她会听到车接近的声音，看见他开进小路，知道他大多时候都能以她望尘莫

① 诺纳斯罗格：位于黑水村。

② 塔斯克礁：在距离韦克斯福德郡东南部海岸 11 公里的海面上，由许多礁石组成，顶部是灯塔。这里可能是爱尔兰沿海发生海难最多的地方。

及的方式搞定外婆。他与外婆说话的方式没人能模仿；他会假装赞同她的偏见，以她不介怀的方式嘲笑她。德克兰会喜欢让她向自己展示中央暖气和手机的。他会知道该说什么。

爬迈克·雷德蒙家这边还是轻松的，比爬通向外婆家小路的那些梯级容易。海伦走过屋子的废墟，前墙早就坠进海里了。她看着仍在原地的老烟囱和后墙，站在边上等待塔斯克灯塔的下一道灯光。在这个高度看来，灯光更为明亮强烈。她感觉得到汗珠的滑落，当她走向外婆家的时候，她听到了远处的牛叫声。

三

床很不舒服，而且她觉得这尼龙床单已经好多年没用过了，这一定还是家庭旅馆时留下来的，有种又薄又滑的质感。床垫也凹陷下去。她太累了，一躺下就睡着了，但一两小时后又醒来，也不确定自己在哪里，开了灯，她还是无法思考自己身在何处，只感到喉中奇怪且强烈的干渴。接着她想起自己在哪儿、她是怎么来的。她将头靠在枕头上，想着自己怎会让这一切发生。前不久她还觉得过来度过一夜算是个好主意，但她没料到自己会清醒如此。从塔斯克灯塔来的光芒透过窗帘掠过床上方的墙面，房间里有一股发霉潮湿的味道。

她下了床，走到厨房去。她装了一杯水拿回卧室。房间的油地毡已经烂了，有些地方的墙纸也已剥落，天花板上的油漆呈片状剥落，而那闪闪发亮的现代暖气片只让房间显得更肮脏压抑。她将老旧的平纹细布床单拉过来时，发现毛毯也是脏的。她不觉得疲惫或困乏。她发抖起来。房间的味道更为强烈了，且带着酸臭味，但正是这个味道而不是其他什么东西，将她带回她和德克兰住在这里的那段时光。

这曾是她的房间，德克兰的房间在后面。但没多久他的床就搬进来了。她记得铁床被拆开的情形，记得他们站着看着一切时那种“都是他们带来的麻烦”的感受。

德克兰害怕。他很害怕在地板上笨拙爬行的步行虫，担心如果踩上去它们身体里那些血腥的东西就会沾到脚上。他恐惧黑暗和寒冷，以及外祖父母在楼上的走动——那声响在楼下的房间里好像有回音。海伦知道他还害怕一样东西，那段时间他们从不提及的东西：害怕父母再也不会回来，他们都被留在这里，那时海伦十一岁，德克兰八岁，他们害怕度过的这些日日夜夜会成为他们今后的人生，而非一段很快就会结束的插曲。

海伦还记得事情是怎样开始的。那是在圣诞节之后没多久，可能在一月初，正值她小学的最后一年。她还记得那天回家之后，她把书包扔在门后，发现父母在里屋里以一种她从未见过的姿势站着。他们都看着壁炉上方的镜子，看见她走进房间里也没转身。她妈妈说话了。这是种陌生而柔软的声音，语带恳求。

“海伦，”她说，“你爸爸得去都柏林做检查。”

她看着他们俩，而他们则注视着她，又看对方，仿佛镜子随时都会发出闪光为他们拍照。在她的记忆中，这个时刻，她爸爸缓缓的微笑，妈妈轻柔的语调，和他们在都柏林的拉斐特照相馆拍的婚纱照重合在一起。她确定，镜子前的这一幕其实只持续了几分钟，甚至更短，但也足够容下他们互瞥一眼还有那句话——“海伦，你爸爸要去都柏林做检查。”或许容不下别的了。不管怎么说，这是她记忆中最后一次见到父亲。她知道夜里迟些时候或第二天，她肯定还见过爸爸，但她一点印象都没了，一点都不记得曾再见到他。

那天白天她仅存的另一点记忆，是圣约翰修道院的科伦布修女来到这里，修女站在门口拒绝进来。海伦记得门口的细语交谈，不久修女离开了。

“圣约翰的修女们今晚会敲动神龛。”她妈妈说。

她在向谁说呢？海伦记得接着有人问这是什么意思，而妈妈解释道这是一种修女都很少进行的仪式，其中一位修女会接近神坛敲动神龛，这是种向上帝祈求帮助的特殊方式。

接下来的记忆是最清晰的。她在楼上的卧室里，德克兰走了进来。他告诉她，妈妈也要去都柏林。

“那我们怎么办？”她问。

“我们要去外婆家。我们得打包行李。她说你要打包被子。”

她下楼。她妈妈在厨房里。

“我们要去多久？学校的事情怎么办？”

“你爸爸病了。”妈妈说。

“我想，你刚说的是爸爸要去都柏林做检查。”

“我床底下有个行李箱，你可以用，”妈妈说，“课本都带上。”

她很想知道这是不是真实发生了——她妈妈对问题的回避，妈妈变得极端疏远的感觉，都已模糊不清。早上，父亲过去在爱尔兰共和党的同僚艾丹·拉金开车送他们去卡什。弗勒德先生稍后会送她父母去都柏林。那天上午她父母一定还在房子里，一定对她还有德克兰说了话，但她不记得了，只记得那趟汽车旅行还有到达时的情形。她住在卡什的外祖父母没装电话，她也不知道他们是怎么得知两个孩子即将到来的。总之，他们在家等着海伦和德克兰的到来。他们此前只会在夏季的周日或者是夏初客房没满的时候去那儿。海伦不记得之前曾在冬天到访。这时，她才第一次注意到墙上一块块的潮斑，除了厨房到处都有的潮气，从门后刮来的穿堂风，还有猛烈的海风。

大海就在二三十米开外的地方，但在一月到六月的那段时间，她只在崖顶上看过一两次海——下面水流湍急，浪花凶猛地撞在崖面上。她记得外祖父母仿佛当大海不存在。那些年她外祖母一直在卡什，都没怎么到过海滩去。他们不关心大海，而海伦和德克兰也学会了不去注意它。

第一桩麻烦是食物。德克兰只肯吃切片面包，这在家里成了笑料。但在卡什没有切片面包，只有外婆做的黑面包和苏打面包[①]，还有从黑水村买来的硬皮长条面包。德克兰还有很多别的东西不吃——卷心菜和芜菁，萝卜和洋葱，蛋和奶酪。他乐于搞清楚每一顿饭或每一次可能到其他人家里去的拜访，确保饭菜合自己口味，让其他事情如自己所愿，而他总能如愿。

周日到卡什去时，妈妈总会为德克兰包好三明治，要是待更久时她会带上自制的饭菜。德克兰知道外婆并不赞同这样做。

她会说："吃饭不是因为爱吃这种食物，而是为了活下去。"

那天他们从恩尼斯科西开往卡什途中时，海伦知道德克兰只想着食物和接下来会发生的事情。第一顿午饭吃的是炖菜，外婆

---

① 苏打面包：爱尔兰一种特色食品，不用酵母而用小苏打发的面包。

上了四盘炖菜，还拿了一个大勺子，又放了一碟土豆在桌子中央。外公脱帽坐下，在胸前画十字祈祷。海伦示意德克兰什么都别说，什么都别做。她给他剥了两个土豆，他捣碎慢慢吃起来。他没有碰炖菜。外公在读《爱尔兰独立报》，几乎不说话。外婆忙来忙去，几乎没坐到桌子旁。那天外婆走到院子里时，海伦拿起德克兰的盘子，将炖菜刮到外婆的鸡食桶里。她将盘子放回到德克兰面前，他惊讶地坐着，忍住不笑。外公外婆都没注意到什么。

下午茶时间，海伦帮外婆布置桌面。伴茶的是黑面包、切成厚片的白面包和煮鸡蛋。蛋从沸水中拿出来时，德克兰进来了。

“这些蛋很新鲜，”外婆说，“不像你们在城里买的那些。”

“呃。”德克兰说。

“德克兰不吃鸡蛋。”海伦说。

“这是我听说过的最糟的事情，”外婆说，“你妈妈竟然要忍受这些。她太软弱了。”

战争就这样开始了，而且每天都要爆发。德克兰口袋里装着面包硬壳，海伦扔东西到鸡食桶，没有其他办法的时候，德克兰就会将洋葱、萝卜、卷心菜、芜菁放到盘子一侧，拒绝吃这些，外婆则会坚持让他吃完才能离开，直到他哭出来时态度才软下来。

“外婆，他不能吃，他会不舒服的。”海伦会说。

“海伦，别顶嘴。”

“我没顶嘴。”

外婆说起要将他们送进黑水村一家只有两个老师的学校，海伦马上就在餐桌上搞起一个教室，两顿饭之间的大段时间，海伦会担任教师的角色，和德克兰一起学习课本。他们发现上课能成为孤立外婆的方式，最后她给他们在餐厅里放了个煤油加热炉，好让自己安心听广播。外婆最有可能盘旋在周围的时候，他们会做代数，学爱尔兰语，研究小数点；通常他们会将同样的练习做上一次又一次，假装他们需要全神贯注，外婆走进房间了也不抬头看她一眼。他们胡乱地翻开德克兰的书，复习他早已学过的课程，也会在没完全理解或没结束上一课的时候就开始新的课。无聊了，他们会大笑、细语、打牌。

他们的妈妈给外婆写短笺，说没有新消息，说到检查和祈祷，希望海伦和德克兰不会成为她的负担。妈妈待在拉斯曼①，她有对布里的博尔家族表兄夫妇住在那里，他们也发来了问候。他们没提到爸爸。

海伦和德克兰在一张床底下找到一箱玩具，漫漫长夜他们会借此自娱，玩骰子游戏和蛇梯棋。海伦找到她穿得下的靴子，便跟着外公去挤牛奶，给他开门关门。德克兰没有靴子，他也讨厌庭院里的黏土还有那条小路，他几乎不出去。下午客厅里湿黏炎热，他经常会变得疲惫易恼。开始的几个月他们待在一起，从不提到家或者父母，不提要在这待多久。他们找到了避免冲突安然度日的策略。

慢慢地，外婆开始当海伦是个大人，当德克兰是个小孩，而

① 拉斯曼：都柏林南部的郊区。

尽管海伦担任了保护者的角色，海伦和德克兰还是平等地对待彼此。第一周左右，海伦和外公吵起来，那是他们待在那儿时，外公唯一一次说那么多话。他正读着报纸上关于爱尔兰共和党的东西——他自己是爱尔兰统一党的成员。统一党在黑水村的势力很强。他转过来对海伦和她外婆说："他们只是一帮流氓，血腥的枪贩，利亚姆·科斯格雷夫①会教训他们的。"

"杰克·林奇②不是流氓也不是枪贩。"海伦说。

"剩下的那群人都是，"外公说，"我要将查理·豪伊③绞死。他真他妈的是一个流氓。"

"喂，注意语言。"外婆说。

"可杰克·林奇是领导者。"海伦说。

"哦，我知道你都是听谁说这些的，"外公说，"我们曾想过莉莉生了个小共和党女儿吗？"

"而且《爱尔兰独立报》只是统一党的宣传品。"海伦说。

"宣传品？你从哪里学到这个词的？"

"海伦什么词都懂。"外婆说。

"我说你真应该祈祷。"外公说着回去看报纸了。

"好姑娘，你勇敢地面对了他。"他离开房间后外婆说。

---

① 利亚姆·科斯格雷夫：爱尔兰统一党政治家，1973—1977年担任爱尔兰总理。

② 杰克·林奇：爱尔兰共和党政治家，1966—1973年和1977—1979年间担任爱尔兰总理。

③ 查理·豪伊：爱尔兰共和党政治家，1979—1981年、1982年和1987—1992年担任爱尔兰总理。

那以后，外公开始让她看电视新闻，几周之后的周六晚上，她意识到自己被允许看《深夜秀》① 了，在家里时父母几乎从不允许她看，只在《逃亡者》② 里的吉拉德中尉作为嘉宾上台的那天，父母才叫她下楼。此刻在卡什，她坐在厨房的扶手椅上。新闻结束，广告时段结束，开场音乐响起，盖伊·伯恩 ③ 出现，她怀疑他们是不是忘了她还在。

“如果有什么不合适的东西出现，”外婆说，“她就会去睡觉。”

海伦还记得节目前漫长的准备，外婆会确保家务都已做完。茶和饼干放在托盘上，水壶在第二次休息的时候会被放到炉子上。外婆很喜欢这档节目，喜欢在接下来几天和海伦讨论里面的嘉宾和争论。但她外公却很讨厌这节目，听到他不赞同的内容会喃喃自语。

海伦记得，那一季的周六晚上，几乎没有哪次不出现一群争取权利的女人，或者和统治集团发生冲突的神父。

“噢，看看这是谁，看着她，看着她的头发！”外婆会指着讨论小组里的女人大叫。

外婆会一直评论，不过多数是出于震惊的感叹，或惊讶于节目里说的话，她也会谈论嘉宾的外貌打扮。有时候讨论到妇女权利和政治问题的时候，她会非常激动，用拳头捶椅子，还会大声

① 《深夜秀》：爱尔兰电视台的一档谈话节目，被誉为“属于爱尔兰的访谈节目”。

② 《逃亡者》：美国电视连续剧，1963 年—1967 年播出。

③ 盖伊·伯恩：1962—1964 年以及 1965—1999 年担任《深夜秀》的主持人。

附和正在讨论的观点。“她是对的，她对极了！”她会嘶吼道。

她讨厌休息时的音乐，还有作家、电影明星、英国人的出现。他们讲太多好笑的故事，而她想要的是争论而非娱乐。但是谈论到宗教问题时，她会变得安静而紧张，用眼角余光看着修女、神父或那些热心的平信徒。有一两次讨论时，外公还威胁要关掉电视，但他从来没这样做。他们仨会看到节目结束，要是恰逢前修女质疑罗马教宗的权力，或者学生领袖抨击爱尔兰主教或教育系统，节目通常会进行到将近午夜。他们经常会讨论避孕和离婚，外祖父母会陷入尴尬的沉默，但唯一一次他们威胁说要送她去睡觉，是节目上的一个女人说大多数爱尔兰夫妇都从没见过彼此裸体的样子，甚至那些结婚多年的人也是如此。

“哦，上帝保佑，上帝拯救我们。”外婆说。

然而，《深夜秀》上最让他们不安的并不是性和宗教。是一个烫过头发、戴着眼镜、穿着红裙出现在节目上的中年美国女人。她号称能和死者沟通。她没用“死者”这个词，只是说去世的人，“在那边”的人。盖伊·伯恩向她提问，他似乎相信她。

“你听过这样的疯话吗？”外婆问，“你听过更糟糕的东西吗？”

那个女人站在观众面前，盖伊·伯恩站在她旁边。她拿着麦克风，指着其中一名观众。

“是的，坐在那儿的那位女士，”她说，“我为你收到一些很强的信息。你只有一个姐妹，对吧？”

那位观众点了点头。

“她是不是病了？”

她又点了点头。

“信息现在有些混乱，但你们是不是双胞胎，或者年龄很接近？”

“我们年龄很接近。”

“但你们小时候，病的却是你，对吗？”

“是这样的。”

“这可能是你妈妈，亲爱的，可能是你妈妈吗？我知道她想要保护你们，她很担忧你的姐妹，现在情况在好转，她在守望着你们。”

海伦和外公外婆看着电视，厨房里一片安静。《深夜秀》里的女人转向另一个人。

“我又收到强烈的信息，”她对一个女人说，“你是不是有被杀害或婴儿时夭折的儿子？”

“没有。”女人说。

“我得到很强的信号。你是不是有英年早逝的兄弟？”

“是。”女人说。

“他还在守护着你，他知道你是非常坚强的人。你刚搬家，对吗？”

“对的。”女人说。

“你妈妈和你住在一起吗？”

“没，以前住，现在不住了。”

“好吧，他很担心你妈妈。他认为这改变是有好处的，但他还是担心她。我想你应该知道他是什么意思。”

女人点点头。

“现在我得和其他人谈谈。还有一些重要的信息，有没有人叫格雷斯？”

没有人回答。

“有没有人叫格雷斯？或者姓格雷斯？”

有人举起了手。“我姓格雷斯。”一个男人说。

“你叫什么？”

“杰克。”

“杰克，”女人说，“我想你要做出一个重大的决定。这是个和你非常亲近的人，杰克，你们的联系非常紧密。是一个你每大都在想，一天想好几次的人。你知道我在说谁吧？”

杰克点头。

“她说你不能走。这就是信息，非常清晰。还有别的事情，你有一段对你来说很重要的关系。你还不确定，但她说会祝福你，她说她还爱着你，会保护你，守护你。”

广告时间到，外婆坐在椅子上没动弹。她示意海伦调低音量。

“我在想能不能给那个女人写信。”

“附上一张邮政汇票。”外公说。

“外婆想和谁联系呢？”

“海伦，我想和我妹妹斯塔蒂亚联系，还有死于肺结核的弟弟丹尼尔。我想要听到他们的信息，不管是什么，就算只是一条简讯。拥有这种力量，那个美国女人一定很不容易。”

“她都是编造的。”外公说。

“不，”外婆说，“她有能力，我看得出来。你看到那个男人的脸了吗？一定是他妻子联系上他了。我会不惜一切和斯塔蒂亚对话的。”

就在那段时间，大概一两周之后，德克兰开始做噩梦。第一晚海伦还想不清那是什么声音。她醒来，想再睡，但是噪音持续不断，然后她听见祖母在楼上走动、下楼的声音。德克兰仿佛对她的走动很警觉，尖叫起来，海伦从床上跳起来，跑进他的房间。他的声音听起来就好像有人在袭击他。

他们摇醒了他，但他还没从梦中醒过来。他还是尖叫大喊，她们把他带到厨房里，让他喝了牛奶吃了饼干，情况还是一样。他被什么东西吓到了，没能完全认出她们，不过他慢慢安静下来，什么都不说，只是直勾勾盯着前方或灯光，有一段时间她们不能确定他是否还在梦中。过了一会儿他恢复了，但是只有开着灯才肯回到房间。

噩梦改变了他。在白天他变得沉默寡言，上课或者打牌的时候，他经常会变得很健忘冷淡，她得提醒他身处何地——这成为他们的笑话。有的夜晚他睡得很好，但噩梦没有停止。那些夜里，他一开始吼叫，海伦和外婆就会冲到他房间里，每次都要花五到十分钟来让他安静下来，将他带回到他们生活的世界里。

外婆担心他长虫子了，或者感染了其他东西，她带他去看黑水村的医生。他不肯进诊疗室，除非海伦也跟着进去。她看着医生检查，检查他的舌头和扁桃体还有眼白，用听诊器检查呼吸。医生问他是不是害怕什么，他说不。

“你梦到什么？”

德克兰看着医生，想了一会儿。

“如果我总在想着它，那么它就会再次出现。”他说。

“告诉我那是什么。”

“我变得很小，很小，像是世界上最渺小的东西，所有的东西都很大，我在漂浮着。”

“你说别的东西都很巨大？”

“是。”

“很吓人吗？”

“是的。”

“他还不肯吃东西，”外婆打断他们，“我没办法让他吃东西。”

“他营养状况不错，”医生说，“这我倒不担心。”

德克兰还在看着前方思索。“梦做过之后我会忘掉一部分。”他说。

医生说德克兰应该将床搬到海伦的房间，或许他会感觉安全些。“很多男孩都会做一阵这样的噩梦，很快就会过去。”他捏了捏德克兰的脸颊。

海伦留心着信件。邮差十一点来，也会送来报纸。如果没有信件他就将报纸扔在门口，如果有信件他会敲门将其交给外婆。她妈妈的信总是很短而且言辞模糊，翻来覆去使用同样的词。海伦想知道父亲是不是真的在做检查，为什么检查还不结束，为什么查不出结果。

有一天——她已经不记得是几月了——妈妈寄来一封信，外婆没有给她看，海伦问起来，她只说信没有到。海伦很确定信送到了，她搜寻放信件的壁炉架，但找不到。外婆很会藏东西。第二天她听见外婆在小声和弗朗太太说话，她觉得自己知道小声的原因：信里有她不能知道的事情。

她确定那时他们已经在卡什待了三四个月。那些日子里，海伦和德克兰还从来没讨论过他们会待多久，会发生什么事情。但德克兰一提起这个话题，他们就停不下来了。

“海莉，”有一天在客厅里上完课，他说开了，“我想回家。”

“嘘，”她说，“她会听见的。”

“我觉得他们根本不在都柏林。我觉得他们在英国或美国。”

“别傻了。”

“为什么她从来不过来？”

“因为她要去医院看爸爸。”

“为什么她一次都不来？”

“因为我们在这里过得很好。”

“我们过得不好。”

海伦没对他说那封信的事情。她想要让他别乱想，但这已成为他的执念。

“我在电视上看到过一个节目，”他说，“讲父母抛弃他们的孩子。”

“丢在哪儿?”

“在孤儿院。”

“这又不是孤儿院。”

“如果她要将房间留给夏天的旅客，怎么办?”

“那时他们就会回来的。”

“他们在英国。”

“德克兰，不是的。”

“你怎么知道?”

就是在那段时间她第一次听到“癌症”这个词。外婆在走道和弗朗太太交谈，不知道海伦就在门的另一侧偷听。

“他们切开他的时候，发现他全身都是癌了。”

海伦知道她问不到答案。有一天外婆到黑水村去了，她到处找那封藏起来的信，还是找不到。

这时，德克兰满脑子都是逃跑的念头。

“你可以在都柏林找到工作，”他说，“我们会好过很多。”

“在哪?”

“在邓恩商店，你离开学校了就可以去工作。”

“我还没到十二岁。”

“他们怎么会知道?”

接下来几天她在浴室里仔细地审视自己。她还记得小说《拿破仑情史》的开头，女主角将手帕塞进上衣里伪造胸部。海伦想，在这个年龄她已经算高了，如果她说自己十四岁，他们会相信吗?

日子渐长，屋中事情开始改变。外婆对他们变软的态度，弗朗太太拜访的时长，黑水村的本堂神父格里芬神父的长访，都让海伦确信全身都是癌的是她父亲，这意味着他已奄奄一息，或许需要再做一次耗时更久的手术。她和德克兰谈论要逃到都柏林，海伦找一份工作和一间公寓，德克兰去上学，但海伦总是把这当成一个游戏，一种幻想。然而，德克兰却当真了。他想出了计划。

“德克兰你都没怎么去过都柏林。”她说。

“我去过好几次。我知道亨利街和摩尔街。”

“你只待了一天。”她说。

一天晚上，他跑到她卧室里，拿出一个陈旧的棕皮钱包，里面装满了二十镑纸币。

“你在哪拿到的?”她问。

“他放在厨房的一个洞里。”德克兰说。

“放回去。”

“逃跑的时候我们可以用。现在你知道它在哪了。”

“放回去。”

六月十一日，父亲在都柏林去世。现在二十年过去了，她清醒地躺在这间屋子里的床上，外婆在楼上酣睡，德克兰睡在都柏林的医院里，她还是觉得很奇怪，她已经不记得在卡什度过的那个初夏，不记得五月到六月间的事情。然而还是有些东西印象深刻：屋子里新的氛围，另外至少有两封不被提及的来信，还有那股湿气和石蜡的味道。多年之后，她意识到自己的童年在那几周已经结束了，尽管六个月以后她才来初潮。

那个早晨，她知道有事情发生了：时间还早，应该在八点左右，她看见有个男人经过窗户走过来，他对外祖父母说了些什么又走了。没过多久，黑水村的格里芬神父也来了。她决定待在床上直到他离开，对自己说，说不定是别的什么事，或者是些不重要的事。她躺着等待。德克兰在旁边的床上安睡着。

过了一会儿，她听见外婆在客厅蹑手蹑脚地走。她安静地打开卧室的门，小声告诉海伦尽快穿上衣服。

海伦走出卧室时，外婆正站在窗户旁。

“海伦，我有个坏消息。你爸爸昨晚十一点去世了。他去得非常平静。我们都要去照顾你妈妈。你和德克兰跟格里芬神父去恩尼斯科西。”

“我们要去哪？”

“我给你们准备好了干净衣服。广场那里的伯恩太太会照顾你和德克兰。”

海伦竟突然感到一阵快乐，因为他们终于可以离开这里了，而且再也不用回来，但她马上又为自己这样想而内疚，她爸爸才刚去世啊。她努力什么都不去想。她走进厨房，格里芬神父正在喝茶。

“我们都会为他的灵魂下跪祈祷。”外婆说。

格里芬神父捏住念珠。他缓缓而慎重地念出祷词，进行到《圣母万岁》时，他仿佛在背诵此前从未接触过的文字：“我们在这泪谷为你献上叹息、哀悼和啜泣。”海伦轻轻而安静地哭起来，外婆走过来，在她旁边跪下，直到祈祷结束。

他们沉默地坐着喝茶，外婆烤面包，晾衣服。

“为什么不叫德克兰起来？”海伦问。

“噢，海伦，我让他先睡。我们先打包东西，时间还足够。”

“您还不告诉他吗？”

“我们先让他睡着。”

“他会醒来的。”

海伦在客厅里打包课本的时候，德克兰叫她。“你在干什么啊？”他问。

“我在打包东西。我们要去恩尼斯科西。”

他从床上看着她，她觉得他知道了，但也不确定。

“我们怎么去？”

“格里芬神父送我们去。”

他又看着她，点点头。他下了床，穿着睡衣站在地上。

“我去收拾我的书包。”他说。

从巴拉[①]到恩尼斯科西的路上，格里芬神父在开车，海伦坐在前座，她意识到德克兰还不知道父亲去世了。

“爸爸妈妈已经回到都柏林了吗？”他问。

现在二十年过去了，她躺在黏糊糊的尼龙床单上，用手枕着头望着天花板，灯塔的光闪来闪去，她还记得她和格里芬神父都

① 巴拉：韦克斯福德郡的小村。

没回答问题时，车中那股恐怖的氛围。她以为德克兰会再问一遍，但他只是坐回去，什么都不说。他们朝着城区开去。

海伦十分不想去伯恩太太在广场那儿的家。德克兰和那两个男孩相处得不错，对他来说很轻松，但她在那儿没有朋友，伯恩太太会当她是个孩子。伯恩太太就像城里所有店主的妻子一样：她们总在张望，总在警惕着，她们的微笑都是尖锐的，她不想陷入伯恩太太或镇里其他女人的管教之中。

他们沉默着开过多诺霍家的车库，过了桥，开上卡斯特山，海伦铁了心不进伯恩太太的屋子。

格里芬神父在广场的车道上并排停在另一辆车旁，将他俩留在车里。德克兰什么都没问，她也什么都不说。伯恩太太走出来，面带微笑，她打开驾驶门，将头探到车的后座。

“德克兰，”她说，“托马斯和弗朗西斯会回来吃晚饭，他俩下午可能会请假，你们可以在楼上玩。”

海伦走到车外，站在伯恩太太旁边：“外婆说我应该回家帮妈妈把家里弄干净。”

“海伦，我相信会有邻居帮忙的。”

“外婆说我要过去，格里芬神父会开车送我，德克兰会留在这里。”

格里芬神父站着仔细聆听。海伦知道，她语气言之凿凿，他不会否认。他是个温和的男人，现在十分尴尬，只想尽快离开，因为他的车已经阻塞了交通。

“所以，”海伦说，“如果你能带上德克兰的东西，我们可以待会儿见。”她试图让自己语调变得轻快，就像电视里的人。

“等一会儿，”格里芬神父说，“我去停车。”

德克兰从车后座拿出他的包，他们站在伯恩家的商店外等着格里芬神父。

“你外婆还好吧？”伯恩太太对海伦说。

“非常好。”海伦说。

伯恩太太扫视着街道：“你可怜的妈妈啊，现在她会很想见到你的。”

“我到车里等。”海伦说，她走过广场到了格里芬神父停车的地方。他刚离开驾驶座，她就打开后座车门。

“你待在这不会有问题吧？”他问。

“没问题。”她自信地说。

她看着他走过广场，和伯恩太太、德克兰走进伯恩家里。她知道他在干吗：他在告诉德克兰父亲去世了。她很疑惑为什么他要去那么久。两个过路人看到她在车里便走过来。她摇下车窗。

“你在等你妈妈吗？”他们问。

“不，”她说，“不是。”

“可怜的人啊，她还在都柏林吗？”

“是的。”海伦说。她试图显得高傲些，好像习惯被很多人这样问似的。

“啊，我们为你难过。”

“谢谢。”她皱起眉头，摇上窗户。

格里芬神父走出伯恩家，低头驼着背走过来。

“我不确定能否让你一个人待在那，”他说，“伯恩太太想要你回去。”

“妈妈非常挑剔。一切都要收拾得非常干净。”

“但你不能一个人待在屋子里。”

“我会叫上罗素太太，她是我妈妈最亲近的朋友，她会过来帮我的。”

她假装自己是新教女孩，这迟钝的乡村神父正要送她去利明顿路的房子。她再次皱眉。格里芬神父发动车子，她好奇德克兰怎么样了，他现在在做什么。

“你确定你没问题吗？”格里芬神父问她。

“十分确定，神父，十分确定。我会进屋子里，然后我会给罗素太太打电话。”

他沿着约翰街开，然后开进达维特大街。

“您可以放我在这里，神父，我们非常感谢您。”

他送她到屋子前。她不想让他知道她会通过厨房的窗户爬进去。她要使出浑身解数让他开走。

“我要从后备厢拿我的箱子，”她冷淡地说，“我让它开着呢。神父，在这里倒车会比较容易，好过在这里调头。”

她关上车门，拿到箱子，打开花园的门，漫不经心地向他挥手。她头也不回走到屋子一侧。她立起箱子，利用它摸着厨房窗台，然后撑起自己，跪在窗台上。锁上的扣子已经坏了好多年了。她用尽全身力气推起下方的窗户。开出的空间刚好够她钻到水池旁的沥水板上再挤进厨房。她站起来后并不急着关窗，而是走去打开前门，找到格里芬神父。如她所料，他还坐在车里看着屋子。她傲慢地用右手示意他离开。她再次关上门，背靠着门闭上眼睛。她走进前屋看向窗外，发现他正在倒车离开。现在，这屋子属于她。

她听着，屋子里一点声音都没有。这里还从没安静过。她五个月没踏足这里了。她四处张望，摸着壁炉上冰冷的瓷砖，坐到扶手椅上。她走进后屋，打开窗帘。这种空寂让她十分震惊。在卡什，她多么怀念这些房间啊，她现在只希望它们能为她重现生机，但它们无动于衷。她打开后门收拾厨房窗户下的行李箱。她走回去，关上了门。她坐在后屋里，想到商店楼上伯恩太太那宽敞的起居室，想到每个人都会因为丧父对她表现友好——她不禁打颤。

她很庆幸自己回来了。当她将手放在厨房的门柄上时，她想到父亲的手也曾摸过这里，他的指纹或掌纹很可能还留在这里——不，一定还留着。他的双手已经死去，冰冷地躺在棺木里。这间屋子里的每一英寸，都残留着他的痕迹：他坐的椅子、他用的帽子和眼镜一定还有他的印迹，还有他碰过的刀叉——这些年来他一定每一把都碰过了。她走到前门，碰触门柄和门锁，他一定也曾触碰过它们。

他的正装、夹克、裤子、衬衣、领带都放在楼上父母房间的衣柜里。她打开衣柜，触碰其中一套正装，它在衣架上来回摇摆。她将衣架拉到一边，发现一副背带，他一定好多年没用过了。她任由手指游走其间，然后又缩回手，将所有衣架均匀地放回原位。

她走到窗户边，望向炮塔岩和醋山之间的山谷，又看向大街，望向屋前精致打理过的、用花坛围起来的草坪。大街上没有人。邻居们一定没看到她回来，否则他们一定会马上过来敲门的。

最让她震惊的是床底下她父亲的鞋子。鞋尖脏了，有待擦亮，其中一只也不知道怎么磨损了。它们比屋子里的其他东西都更让她感到父亲的存在而非缺席，仿佛他随时会进来，坐在床上，双脚滑进鞋子里，然后弯下身子绑鞋带。

门背上挂着她妈妈的睡衣，后面是两件熨过的白衬衣。她拿下其中一件，贴着身体举起来，对着镜子看。她将脚伸进鞋子里，鞋子对她来说太大了。她又打开衣柜，找到一件深灰色正装。她将它放在床上，又搜寻领带，想要找一条深色但又不太阴沉、有斑点或条纹的。她将好几条领带放在正装上，就像她曾看见妈妈做的那样，看是否合衬，最后挑了一条灰白条纹的黑色领带。她打开抽屉，找到一件白色背心和一条白色内裤，在另一个抽屉找到一双袜子。

她将正装平放床上。将衬衣放到夹克里，将衬衣的袖子塞进夹克衣袖，解开衬衣的纽扣，将背心塞进去，然后扣上纽扣。她将领带绕在自己脖子上，假装这是学校领带打了个结，将它绕在父亲衬衣的领子上再拉紧它。然后她将内裤放进裤子里，展平裤子，系上裤子前开口处的纽扣，将衬衣塞进裤子里。她找到袜子，各塞一只放进鞋子，将鞋子放在裤脚处，但看起来不对劲。

她下楼在前屋的书柜里找了一沓书拿上楼。她将书放在鞋的两侧，发现自己需要更多书，又下楼抱了一摞。她用书撑起鞋子，让鞋尖朝上。

她看着床上的人形，觉得还需要别的什么。她下楼到楼梯下放大衣的柜子处，在钩子上找到一顶帽子。她在自己的卧室找到一个小枕头，带进父母的卧室。她将枕头放在父母枕头上、在靠近衬衣领子处，再将帽子放在小枕头上，就如同父亲正戴着帽子睡觉。她后退观察。

她关上衣柜门和抽屉，离开房间，双眼紧闭站在楼梯平台上。她慢慢地走回卧室。鞋子让一切变得不同，看起来像是他在躺着睡觉，而她可以走过去躺在他身旁。她躺在母亲的那侧床上，小心翼翼地不打扰到他。她伸手，握住本应在右手夹克袖子末端处的那双手。她伸手拿起帽子，亲吻他嘴巴的位置。她紧紧依偎着他。

她听到莫里西太太和马厄太太的声音，但她们已经在厅里了。她意识到自己应该非常安静迅速地活动，但她知道如果她们现在上楼来，她会被抓住的，到时候就很难解释了。她拿起鞋子放回地板上，弯腰靠近自己制作的父亲形象。她不声不响将正装、衬衣、领带、内裤、袜子包起来。她将书放在地上，将衣服、枕头和帽子慢慢拿到自己的房间，她知道地板发出的咯吱声很快会提醒楼下那两个女人她的存在。她没时间抚平床单或是检查房间了。

“噢天啊，是不是有人在上面?”莫里西太太喊道。

海伦将衣服塞进床底，迅速回应，朝着栏杆那边喊叫。

“是我！是海伦！”

“海伦！”马厄太太喊道，“你把我们吓了一大跳！上帝在上，你在干什么？你应该在伯恩太太家里的！”

“外婆说我要来这里。”海伦说，然后冲到父母的房间里，确认没有落下什么重要的东西在床上。她抚平床单，走到楼梯平台上下楼。

“好吧，”马厄太太说，“你吓了我们一跳。”她已将一个装满大切片面包的白色塑料袋放在厨房的桌子上，其他的袋子放在沥水板和厨房地板上。

“你不应该一个人待在这里，”莫里西太太说，“你妈妈要是知道你一个人在这里怎么办！”

“我外婆说的，我要来这里。”海伦说。

“好，我会让吉姆开车送你去伯恩家的。德克兰是不是在那里？”

“可是那里都是男孩，”海伦说，“他们只会嘲笑我。我不能去那儿。”

“真早熟！真是位小女士！”马厄太太说。

接下来的两小时，海伦和她们一起干活，给面包涂黄油，做火腿三明治、鸡肉三明治还有蔬菜三明治，给父亲下葬后来家里的人吃。

“今晚会有很多人，”马厄太太说，“明天人会更多。整个韦克斯福德郡的爱尔兰共和党人都会来。”

马厄太太和莫里西太太边干活边交谈，海伦只是半听不听。

她想知道父亲在棺木里了吗，他们会再打开棺木吗，它是不是永远盖上了？她想知道他们有没有盖上他的脚，还是让它光着。

每做好一块三明治，她们都将面包包进防油纸里以保持新鲜。马厄太太工作时唇间叼着根烟。每次烟灰渐长时，海伦都注意看它会不会掉到三明治里，但她总是在烟灰落下前将它弹到水池里。

莫里西太太用吸尘器打扫楼下的房间。过了一会儿，海伦知道她们都在忙，就上楼溜到她的房间里，找到内裤、背心还有袜子，将它们放回原来的抽屉里。她透过栏杆看了看下面，知道自己不会被打扰后，便整理好剩下的衣服，解开领带，将衬衣挂到衣架上。她相信妈妈会认为衣服起皱只是因为太久没穿。她将它挂在门后，又试着将挂着的另一件衬衣也弄皱了。她将正装放回衣柜中，关上柜门。下楼前，她冲了下厕所。她忘记放好领带了，但她相信自己迟些时候会收拾好的。

她继续和两位邻居做三明治。完成之后，莫里西太太说，她可以到她们家去吃晚饭等她妈妈。莫里西太太说，要安静点，这是悲伤的一天，她还得照顾她妈妈。

“她一定心碎了。”马厄太太说。

四

外婆正在厨房里等着她。

“海伦，我觉得你没睡着。”她说。

“我醒了很久，不过之后睡了一会儿。”海伦说。

“我知道你醒着。”

外婆将面包片放进面包机里然后沏茶。

“我醒着，”海伦说，“想着很多年前发生的事情。或许是这房子和灯塔，或许还有德克兰正在医院里这件事，将我带回到过去了。总之，我想起了爸爸去世、我们来到这里发生的所有事情。”

“海伦，那是非常痛苦的一段时光。”外婆说。她倒茶，在炉上的炖锅中拿出一个煮鸡蛋。面包烤好后，她将它放在碟子上。

“还记得他去世一年后我们来这里的情形吗？你打电话给我那天提起过。”海伦问道。

“海伦，我记得。”外婆说。

“那时我走出学校，妈妈就坐在车里，就那辆红色旧迷你车，德克兰坐在后座，我一进去，她就发动引擎，一个字都不说。我过去非常害怕。上帝啊，我过去非常害怕。”

“海伦，事实是她自己对付不过来。她没法接受失去他的事实。”

“早上她开车从这里送我们上学，白天结束走出学校时，我会闭上眼睛，希望睁开眼时她不在。但通常她还是在那儿等着，我们知道她没回家，而是开车四处闲逛，在宾馆或墨菲·弗勒德旅馆里坐着。我当时很怕放学。”

“你和德克兰是她的全部了。”外婆说。

“我不是想批评她，外婆，”海伦说，“我们都熬过来了，我知道她过得很艰难，但是来回路上她都不和我们说话。我现在也有小孩了，我没法想象怎么会这样做。”

“海伦，她尽力了。她没法应付过来。你外公去世时，她对我非常好。我记得那时你正在准备毕业。尽管那时她又开始工作了，她还是照顾着我。”

“外婆，你打电话给我时，你说她从没有为你做过什么。”

“噢，不是那样的，海伦。”外婆说。

海伦往韦克斯福德镇开去。靠近卡拉克鲁①时，毛毛雨已经变成狂风暴雨。已经过了十点，她想她妈妈应该在工作。她很高兴不用在家门口告诉她一切，到办公室再说会容易很多。

上午和外婆吃早饭时，她想起一件遗忘许久的往事。这是件难以启齿的往事。此时她正穿越韦克斯福德镇的主干道，雨刷在挡风窗上刮着，她拼凑出刚才想起的情景。

那是父亲去世第二年夏天的一个周日。之前几个月，他们不

① 卡拉克鲁：韦克斯福德东北部的一个村庄。

常去卡什看外婆，但每个周日都会去，在十二点的弥撒过后从恩尼斯科西出发。应该是六月或是七月初，就在那个周日，她注意到他们正沿着奥斯本路开向左朗古勒。她什么都没说，但德克兰在后座问他们为什么不走平常的那条路。

“我想我们去卡拉克鲁吧。”妈妈说。

“我们不去外婆那儿吗？”德克兰问。

“我做了三明治，如果海滩情况好，我们可以在海滩上吃。”

卡拉克鲁有一个停车场，一个商店，还有沙丘和长滩。对海伦和德克兰来说，这里有股新鲜迷人的味道，而巴利科尼加和卡什则不同，陈腐沉闷。德克兰说，卡什和巴利科尼加太多乡下人了，然而韦克斯福德镇的人会去卡拉克鲁。

“我们不去外婆那吗？”德克兰问。

没有回答。他们开到卡拉克鲁，带上妈妈瞒着他们准备的野餐食物、一张小毯还有他们的泳衣，往海滩走去。海伦想要问妈妈，外婆知不知道他们不去卡什，她会不会正在等着他们、给晚饭保温、留心听着外面的车声。

在卡什，她妈妈从来没到海里游过泳。她只会和他们一起走到海滩去，看着他们游泳。在大热天她会穿上泳衣，但甚至不会弄湿双脚。在卡拉克鲁的那个周日，海伦和德克兰料到她会换上泳衣，因为天气很热。当她戴上浴帽时，德克兰笑了起来。“你的脸看起来很好笑。”他说。

大海并不平静，只有几个游泳的人游到比大浪翻涌之处更远的地方。德克兰总是会在水边站上一会儿，才如同走在玻璃上那般入海。海伦知道，最好别多想，直接冲进去游起来会比较轻松，但她还是觉得难。他们还在水边的时候，妈妈突然走过他们身边，在胸口画十字，自信地涉入水中，水一到腰间，她便潜入海中。她冒出来看着他们，挥挥手，又潜入海中，在大浪涌来时才冒出头。德克兰在浪潮退去时跑进水里，想要走到她那儿去，但又被第二波浪撞倒了。大浪把他冲到岸上，海伦看见他大笑起来。她朝他走去，抓住他，握住他的手。

“我想游到妈妈那里。”他说。

周围是一群大人和小孩，站着等待着下一波浪涌来，他们愉快地相互喊叫着，让大浪抬起他们，将他们带到岸边。海伦和德克兰被撞倒，又站起来，嘴里全是咸水，这时他们能看见妈妈还在大浪涌起之处畅游。她注意到了他们，游到他们所在的地方。

“你说你不会游泳。”德克兰说。

“我好多年没有游泳了。”她说。

接下来几乎整个下午，德克兰站在海伦和妈妈中间，牵着她们的手，一起站着等待波浪涌来。有好几次，他们走回去在小毯上坐下，德克兰又不高兴了，非要回到水里。海浪一出现，他就会嚷着说这是最大的浪，有些浪最后很小很温和，也没扫他的兴。他会指着下一道海浪，下一道，再下一道，一直笑着，直到一股大浪涌来将他们三人撞倒。

下午过去了，他们坐在毯上喝茶吃三明治。

“这里真棒，”德克兰说，“我们能不能每个星期天都过来？”

“你喜欢就来。”妈妈说。

海伦想问妈妈有没有告诉外婆他们不去卡什了，但在他们穿上衣服准备走回车子的时候，海伦知道，妈妈并没有告诉外婆。

他们开车行经卡拉克鲁村时，她好奇妈妈会不会拐向黑水村，并打电话去卡什，但她只是左转，拐进回恩尼斯科西的路上。德克兰坐在后座上，在回家的路上不断说话，向妈妈提问、评论。德克兰和妈妈在深入地交谈，他在大笑，母亲则微笑，海伦没法跟上他们，只是保持微笑，享受德克兰的笑话和评论、他的幽默感，还有他对妈妈的关注和赞赏永无止境的渴求——这一场景之后经常发生，而这是海伦对其最早的记忆。

她开向韦克斯福德镇。她知道妈妈的办公室就在码头旁，面向老港口，她想知道自己能不能在那附近停车。她觉得自己应该打电话给休——这个早上他一定会在家里等着她打电话——然后再去面对妈妈。

父亲去世两年后，妈妈重拾教鞭，在爱尔兰共和党的帮助下，她在一所本地专科学校找到了工作。海伦也不确定是什么时候，不久她开始在晚上教商业课程，直到设计合乎学生需求的课程以及给上课的学生找工作成为她新的嗜好。

不久，电脑出现了，妈妈开始游说商业群体和其他人普及使用电脑。她是郡里第一个在商业课程里教授电脑技能的人。这最终让她开创自己的电脑事业，她教基本的电脑技巧，然后开始卖电脑给企业和个人。去年夏天，外婆向海伦展示了《韦克斯福德人民报》上韦克斯福德电脑公司的整版广告，上面还用了他们在沃特福德和基尔肯尼的客户的评语，说他们大老远跑来韦克斯福德镇是因为课程提升了他们的电脑操作能力，销售人员则让安装和维护后顾无忧。版面的上方登着海伦妈妈的大幅照片。

“你看看莉莉！”外婆说。

海伦停好汽车，给休打电话，告诉他自己到了哪里、将要做什么。和他说话时，她意识到自己还没想好要和妈妈说什么，她会不惜以任何借口——给学校打电话、挪车、到怀特商店喝茶——来推迟拜访韦克斯福德电脑有限公司。

休说，天一亮男孩们就起来了，穿着雨衣和他们的堂兄弟跑到海滩去了。他说，一切都很好，只要她需要他，他就会过去。她告诉他迟些会打电话给他。

“事情永远不会像你想象的那么糟。”他说。

看到韦克斯福德电脑公司走廊处的电梯，她很惊讶，同样让她惊讶的还有那灯光、瓷砖、油漆，全都现代化且漂亮，就像杂志里的一样，不像是会出现在韦克斯福德码头的东西。大堂里的指示告诉她，展示厅在二楼，接待处在三楼。她按下三楼的按钮。

她对着镜子检查自己，想着应该会到达一个走廊或是大堂。她想知道能否找一个卫生间，在见妈妈前先化点妆。但当电梯门打开时，她走进了一个大房间，既有窗户能看到前面的海港，又有窗户能看到后面的街道，楼上的阁楼被去掉了，高天花板上开着天窗。此时房中有二十多个人坐在椅子上，有些人转过来看她，但大多数人还是继续面对正站着的妈妈。

她出现时，她妈妈话正说到一半。海伦发现自己无助且无处隐身，她不能撤退，也不能去找卫生间。她向前走去，找到一把椅子。她发现这房间非常漂亮非常明亮，看起来十分昂贵啊。她妈妈一直在说话，将眼镜从头发上拉到鼻子上，远远地朝海伦的方向看了眼，就算承认了海伦的出现。她妈妈几近心不在焉地慢慢将眼镜推回原来的位置，继续讲话，有几个人在这时转过头来张望。

“请您务必记住，”她说，“我们会为您服务。如果您的公司装了新系统，如果您发现自己需要提高技能，尽管打电话给我们，就像漏水会找水管工。我们会尽快解决您的问题，夜里、周末都没问题。只需打电话给我们，我们就会为您服务。”

妈妈暂停了一会儿，再次戴上眼镜，凝视海伦，好像在确认她刚才有没有弄错。

“好，”她继续说道，“一开始我们只提供电脑和文字处理的课程，但后来我们发现几乎每个到这里来的人，都有购买或安装系统以及维修电脑的可怕经历。现在我们已经有东南地区最全的产品种类，最好的销售和技术人员。我可以告诉大家，要做到最好是不难的。喜欢的话您尽管笑，但您会发现我们的价格是最低的，我们还提供二十四小时服务。我们的展示厅就在楼下，但您不只是来买电脑的，您是来使用电脑的，我们为各位都设计了专用的程序。我们研究了您的需求，现在可以开始了。各位的电脑就在这里，上面写着各位的名字，请坐到电脑前，我们可以开始了。那些戴着名牌的人是工作人员。”

海伦看着妈妈朝面向海港的窗户旁边的桌子走去。妈妈对一名职员说话，然后拿起一张纸来看。海伦抑制住冲动，没有坐电梯回到大街上，开车回都柏林，通知德克兰让他派那个欧盟委员会的朋友去告诉他妈妈他的病情。她等待着，而她妈妈在房间里走着，核对名字和细节，显然在掌控全局。最后，她妈妈朝她走过来，却又改变主意，回到窗户旁的桌子处。她把那儿的问题解决了，才穿越房间走近海伦。

“你进来的时候，我就知道是你，我想你难道是大老远跑过来学电脑？”妈妈说。

“不是，谢谢。你的办公室很漂亮。”

“全都是新的。”她妈妈说。

“我必须和你谈谈。有没有私人办公室？”

“我时间不多。”她说，但话音刚落就止住了，看着海伦的脸。“是不是出什么事了？”她问。

她们走进电梯对面的小私人办公室。她妈妈将门关上。

“是什么事？”她问。

海伦叹气：“是德克兰的事。”

“海伦，快说！”

“他在医院里，在都柏林，他想见你。”

“他出意外了吗？他伤到了自己？”

“没，不是这样。他病了，他想见你。他在医院待了好一阵了，但他不想麻烦我们。”

“麻烦我们？你在说什么？”

“妈妈，德克兰病得很严重。你最好能跟医生谈谈。”

“海伦，你知道他怎么了吗？”

“不，我不算清楚。但他想今天就见你。我将他的车停在外面，我可以开车送你去医院。他在圣詹姆斯医院。”

妈妈走到桌旁，翻着她的日志，找到当周的记录。

“今天星期几？”她问。

“星期三。”

“好，你在外面等，我要打两个电话，然后我跟你走。”

“为什么我们不在怀特商店碰面呢？”

“你在外面等，我很快就好。”

天色变亮了，她们开车去都柏林。直到开过戈里，她妈妈都没说话。

“我讨厌这条路，”她说，“我讨厌路上的每一英寸。从没想过我又要在这条路上前往医院。”

“我昨晚和外婆待在一起。”海伦说。

“你先去找她？你为什么不先来找我？”

海伦没有回应，她向前望去，专心看着路面。

“好吧，现在不回答我了。”妈妈说。

“休和男孩们在多尼戈尔。”海伦说。

“我都不知道他怎么忍得了你。”妈妈说。

她们沉默着前进，开上了双行道。妈妈放下遮光罩，对着小镜子涂口红。

“我得告诉你发生了什么。”海伦说。

“你已经让我等了一个半小时。”妈妈看着手表说道。

“他得了艾滋病，得了很久了，但一直瞒着我们。”

似乎有一道黑影掠过车前，她能感觉到妈妈屏住了呼吸。

“你知道多久了？”妈妈问。

“昨天才知道。”

“你外婆知道吗？”

“嗯，我告诉她了。”

妈妈将遮光罩推回去，将口红放回化妆包：“他病得重吗？有多重？”

“他病得很重，但不知道有多重。”

“没法治好，是吧？”

“没法治好。”

“他得多久了？”

“好些年了。”

“他在医院里多久了？”

“我不知道。”

“他为什么瞒着我们？”

海伦再次没有作答。天突然下起雨来，她打开雨刷，它们在挡风玻璃上疯狂地刮着。她关掉雨刷，但雨太大了她什么都看不清，只得又打开了雨刷。一直到布雷①，妈妈都一言不发。她和挡风玻璃搏斗着，没注意到妈妈的叹气、握拳，还有那朝她转来好

① 布雷：爱尔兰港口城市，在都柏林南部，相距都柏林约二十公里。

像想说什么但又调转开去的脸。

最后，她说话了："我终于振作起来的时候，这样的事情又发生了。"

雨停了，海伦将雨刷关掉。

"为什么德克兰不能自己告诉我？"妈妈问。

"他很担心你的反应。"海伦说。

"所以他让你来告诉我？"

海伦再次看着前方的路。她看到一辆双层巴士，想叫妈妈自己去医院，但她没有多想。她放松下来，想象妈妈的心情。

"我想，他会觉得这种时候我们会忘掉彼此的不同。"海伦说。

"哦，我没在你身上看到什么不同。"妈妈说。

"请包涵，我在努力。"海伦说。她的声音不由自主地冷漠起来。

到达医院时，海伦觉得如果她们之中谁先开头说话，汽车就会爆炸。她将车停在保罗之前停放的车位上，她们走向德克兰所在的那幢楼。

"医生说，顾问医生随时都可以见我们。"

"德克兰是在单间里吗？"

"是。"

"他看起来怎么样？"

这一刻，海伦感觉对母亲产生了强烈的柔情，想要说些缓和气氛的话。她快要哭了。

“他看起来很好。我想他很害怕。”

“顾问医生呢？他怎么样？”

“是个女医生。我没碰见她，但他们说她还不错。”

她们在接待室找顾问医生，她不在，海伦就说找她早些时候遇到的那个医生。她们安静地等待。过了一会儿，顾问医生和那个年轻医生一起到了。顾问医生比海伦想象得更娇小更年轻。几乎像个女孩。她妈妈花了好一会儿才意识到这就是顾问医生。她带她们穿过走廊来到办公室里。

“医生，”海伦妈妈一坐下来就说，“可以就他的病情说说您深思熟虑的意见吗？”

“恐怕我得直言不讳。”顾问医生说。

“不必对我隐瞒什么。”海伦的妈妈说。

“德克兰病得很重。我们用T细胞值来测量病程，他的数值快到零了。大多数人都有一千多。他随时都会得上机会性感染。今天早上他做了个小手术，将一条导管放进胸部去，手术进行得不错。他能坚持好一阵，也可能很快就不行了。这因人而异。我必须说，他很勇敢，适应性也很强，但他不可能承受太多次突发状况。”

“有没有什么药可以用？”

“有一种叫AZT的药，但没法治愈，我们也在针对不同感染找更好的药。”

“出现治愈药物的机会有多少？”

“还没有被生产出来，不过谁知道呢。但我想大多数医生都会同意，德克兰的免疫系统已经被毁了，很难想象能怎么恢复。”

“去美国能帮到他吗？”

“我们的系统和美国的一样先进。”

“他很痛苦吗？”

“不，事实上半小时前我见到他时他正坐在床上。他有一群朋友确保他被妥善照顾。如果你想，我可以带你去见他，我们迟些再聊。”

海伦打开门，她妈妈转身对顾问医生说：“请问，我能单独和你说一分钟吗？”

海伦在外面等着，然后沿着走廊走，站住看向窗外。她知道妈妈在问什么：在车里她忍住不问海伦的问题。她一直很想知道，妈妈知不知道德克兰是同性恋，也不知道顾问医生会不会告诉她。但当她看着妈妈从顾问医生的办公室里走出来、和她一道沿着走廊走时，她知道妈妈得到回答了。妈妈拱着肩膀，眼睛看着地面。海伦好多年没见过她那么挫败了。

她们走进德克兰的房间时，他正坐在床上听着随身听。保罗坐在床边的凳子上，突然站起来，朝海伦点点头，离开了房间。

“我给你带来了一位访客。”海伦说。

“上次我见到你就觉得你不太好，”妈妈走近床边对德克兰微笑着说，“但你现在看起来好多了。”她握住他的手。

“没想到你那么快就过来了。”他说。

“房间是不是有点暗？他们对你好吗？”妈妈问。

“噢，很好，很好。”他说。

“我们来这里是要为你将一切弄好，对吗，海伦？”

“是的，妈妈。”海伦说。

“你能帮我弄清楚我什么时候能走吗？”德克兰问。

“我们碰到了顾问医生，但她没说这个，”妈妈说，“如果你想，我现在就过去问她。”

“不用了，先等等吧。”他说。

“你痛吗？”妈妈问。

“我今天感觉不太舒服。我今天早上在胸部做了个局部麻醉，这总是会让人感觉昏昏沉沉的。”

一名护士拿着一个装着药片的小塑料杯进来，德克兰用水吞服了。

“你知道的，”她妈妈说，“如果你想要来我家，我会为你准备好一切。你知道，我那儿有很棒的风景，如果有什么问题我们还能装上护士呼叫系统。”

“我不知道我会怎么做。”德克兰说。

“你想怎样都行，”妈妈说。她将手放在他的额头上：“不管怎么说，你没发烧。”

海伦发现保罗在房间外面的走廊等着。他们在医院旁边的酒馆吃了午饭，她妈妈一直陪着德克兰。然后她开车穿越城市回到自己的学校。上一周，他们已经寄出信给一些申请教职的人通知第二次面试。她想要为面试确定日期和时间。

她的秘书安妮已按要求将电话留言逐字速记，将信息念给她听。大多数都是例行公事，其中一个是教育部的约翰·奥克利打来的。海伦浏览信件。安妮告诉她有个老师打电话来问为什么还要进行二面，其他学校都没有这项举措。

“她教什么?”海伦问。

“爱尔兰语和英语。”

“可以把她的原话念出来吗?”

秘书念出了这条电话留言。海伦想了一分钟说：“我们最好给她写封信。请你打一封便笺告诉她职位已经招到人了，感谢她对我们有兴趣，我走之前会签字的。她听起来就像个麻烦鬼。”

“还有，”安妮说，“安布罗斯也有问题。他喝醉了，至少星期一他喝了很多。他乞求我不要告诉你。”

“他上次喝醉是什么时候?”

“四月六日。”安妮说。

“他是爱尔兰最能帮上忙的勤务工。”海伦说。

“他担心他的生计。”安妮说。

“但他昨天是醒着的，他今天清醒吗?”

“是的，他很抱歉。”

“我不会拿他怎么样的，”海伦说，“但会告诉他你告诉我了，我要好好考虑。吓吓他。”她笑了，安妮摇头微笑。

她在学校空荡有回声的走廊里四处走着，走上楼，坐在教员室对面的长凳上。突然，已经发生的事情和即将发生的事情的全部重量，似乎第一次击打在她身上：她弟弟就要死了，她们要看着他病情加剧、忍受煎熬、逐渐逝去。她看到一个画面：他毫无生气的身体将被放入棺材中，被交付给黑暗，被永远封上。这个念头真是让她难以忍受。

她试图将这念头赶出脑中。她感到很累，担心如果在这待太久会不会睡着，然后被安妮发现。她慢慢走回办公室，在信上签了名，开车回家，渴望能够躺下来睡到早上。她洗了个澡，换上衣服。她给在多尼戈尔的休打电话，他没接。四点钟，她开车穿越城区来到医院。

她在德克兰房间外面的走廊碰到妈妈和保罗。

“他们正在给他做个常规检查，”她妈妈说，“打算让他外出几天。”

“他想去我家吗？”海伦问。

“不，他想去卡什，去他外婆家，”妈妈说，“我不知道他为什么想去那儿。”

“去外婆家？”

“是的，我给她打电话，她已经停掉了电话。”

“他经常说起，”保罗说，“说起卡什和海边的房子。”

“如果他想要去那儿，我们会带他去的。我告诉过他。”

“什么时候走？”海伦问。

“如果他想去，现在就得走，因为他过几天可能就得回来了。”妈妈说。

顾问医生和那个医生从房间里走出来。“总之他能被放行几天，”路易丝说，“我会开一张药单，药房备好药就可以走了。”

“有一天我们在药房外等了两小时。”保罗说。

“我会亲自将处方拿上去，如果保罗你跟着我，站在那盯着他们，他们马上就会开始弄。”顾问医生说。

海伦和妈妈走进房间，德克兰正坐在床的一侧。

“我一这样坐就会感到头晕，”他说，“不过马上就好了。”

“德克兰，我昨晚是在外婆家过的，”海伦说，“床很不舒服，床单很旧。”

“我会从家里拿床单过来。”妈妈说。

“你告诉外婆时她什么反应？”德克兰问。

“她很担心你。”海伦说。

德克兰换衣服时，她们走了出去。

“你知道这个保罗是什么人吗？”她妈妈问。

“他是德克兰的老朋友。我觉得他人很不错。”

“这一切真是场噩梦。”妈妈说。

“我知道。他看起来很不错。真是难以置信。”

“你可以开车送我们过去，”妈妈说，“你在放假，对吗？”

“不全对，不过我可以送你们过去。”

药来了，保罗和德克兰开始清理房间，将垃圾放到黑色塑料袋里，将衣服和CD放进手提旅行箱。德克兰详细地告诉保罗要怎么到外婆在卡什的屋子。德克兰还叫保罗告诉拉里——海伦不知道拉里是谁——让他也尽快到卡什，海伦和妈妈困惑地等待着。

他们出发前往韦克斯福德。妈妈关心德克兰在车里舒不舒服，想知道他在前座还是后座会好受点。他们穿越城区时，德克兰坐在车后座里，妈妈转向他说道："来的路上海伦说你很担心我的反应。呃，你完全不用担心。我最关心的人就是你和海伦，没有什么能改变。"

"我之前应该告诉你，"德克兰说，"但我没法鼓起勇气。"

他们在克纳尔斯科特①的邓恩商店停下来，海伦留他们在停车场，自己去买了整整一手推车他们之后几天会用到的东西。她不知道外婆会怎么应对他们的到来。她意识到，那么多年了——大概有十年了——她曾那么坚决地试图逃离这个家，现在是她第一次作为这个家庭的一员回来。那么多年来，他们会第一次同住一个屋檐下，假装什么都没发生过。她也意识到，这场危机是一种催化剂，在车里那未被说出的情感、那种重归一体的感觉变得顺理成章。她回家了，而她曾希望永远不回来。她不能自制地感到轻松。

去卡什的路上，妈妈谈起她的职员和客户。海伦相信，她正在努力表现得机智聪明。有几次他们都以为德克兰睡着了，但最后发现他只是闭上眼睛。路上某处，妈妈说晚上海伦可以开车送她去韦克斯福德镇，她可以开上自己的车，在家里拿上床铺。

"德克兰，我们会让你舒舒服服的。"妈妈说。

"外婆会介意我们这样过去麻烦她吗？"德克兰问。

"她一直很爱你，德克兰。"

---

① 克纳尔斯科特：都柏林南部郊区。

“我知道，但她会介意吗?”他问。

“如果她开通电话，我们就能搞清楚了。”

“德克兰，我想她会尽全力帮助你的。”海伦说。

他们到达卡什的时候才刚到傍晚。外婆走出来看着车，搞不清楚车里有谁。

“后座上的是德克兰吗?”海伦刚打开前门她就问。

“外婆，他想要过来待一阵，”海伦说，“我们没法拒绝他。”

“你们都过来吧。莉莉，带德克兰进来吧。”

他们将车停在小路上，走进屋。外婆关了电视，走到水池边，忙着摆弄茶壶和水壶。她背对着他们，他们在厨房里尴尬地待着。在这样的灯光下看德克兰，海伦才发现他病得多么重，他脸上的皮肤多么紧绷、皱缩，他的眼神看上去多么疲惫，他整个身体萎缩得多么严重。

妈妈让德克兰坐下，外婆则站在水池边洗杯子，虽然碗柜里已经有一排干净的杯子了。那两只猫在高处看着他们。

“妈妈，”妈妈说，“可能我们不应该这样过来麻烦你。”

“莉莉，别这样想，我一整天都在担心你们。”外婆转身的时候，海伦发现她的表情就如同石头一样难以辨认，“我会为你们沏茶，”她说，“如果你想要的话我可以做点三明治，或者说你想回家后再吃饭?”

海伦也分辨不出她是假装不知道他们想要留在屋子里，还是真诚地以为他们要回韦克斯福德镇了。她使劲回想她走出车子后对外婆说的话，但因为太累记不清了。

没人回答外婆的话。她走了出去，留下他们三个面面相觑。

“德克兰，”妈妈说，“我们可以开车去韦克斯福德镇，你和海伦可以待在我家。”

他没回答，只是直勾勾看着前方。海伦想，他是不是回想起了住在这里的情景，想起了悬崖和大海，这一切是否让他失落沮丧。他看上去很痛苦。

外婆拿着一个篮子走进来，将篮子放在水池旁。她又一次背对他们，拿起水壶将茶壶装满。德克兰闭上眼睛叹息。妈妈目光犀利地看了海伦一眼。

“外婆，”德克兰说，“他们让我出医院几天，我想着能来这儿看着外面的风景，待上几天，但可能对您要求太多了。”

外婆转身看着窗户。“德克兰，”她说，“你随时都可以来这儿。这里永远有你的床。让我们先喝杯茶，然后我给你们安排。”

九点半时，他们都有了自己的床位。德克兰住进了多年前他和海伦共住的那个房间，正对屋子的前方。海伦的房间在他后面，妈妈会住进楼上的一个房间里。

部分德克兰的药已被放进冰箱里。外婆给它们腾出空间。德克兰将一个小塑料容器连到导液管上，药直接流进他的胸腔，他们好奇又恶心地看着。他翻看自己的药，用一杯水吞下了四颗。

“外婆，医生说我对猫过敏。不过只要它们不靠近我就没问题。”

“如果有客人，它们会一直待在那里的，我想它们不会打扰到你的。”

“那没问题了。”德克兰说。

“看，它们知道我们在讨论它们。”外婆说。

夜幕降临，海伦开车送妈妈去韦克斯福德。

“她不想我们待在那儿。”靠近黑水村时海伦说。

“那只是伪装，你这是无稽之谈，”妈妈说，“她喜欢陪伴。”

“她不想我们待在那儿。”海伦又说了一遍。

到达卡拉克鲁的另一侧前，她们都保持沉默。

“德克兰的事你知道多久了？”

“昨天才知道的，我告诉过你。”

“我的意思是，他有像保罗那样的朋友，你知道多久了？”

“像什么？”海伦问。

“你知道我在说像什么。”妈妈听起来生气了。

“我一直知道。”

“别傻了，海伦。”

“我知道十年了，可能更久。”

“然而你从来不告诉我？”

“我向来是什么都不告诉你的。”海伦坚定地说。

“我希望这样的事情不会发生在你身上。”

“听起来好像你希望发生这样的事情呢。”

“如果我这样想，我会说出来的。”

“你当然会说出来的。”

她们沿着韦克斯福德镇的码头开，来到妈妈的车子旁边。她下车前没说话，出去时好像生气了，然后走向她的车子。她朝罗斯莱尔开去，海伦紧随其后，随即进入一条像迷宫一样的小路，长达数里。海伦觉得她汽车的压力计都在发疯。

一直到妈妈家的车道上，海伦才知道她的房子能看到海景，甚至比外婆家的视野更清晰，因为这屋子在地势更高的地方。这儿离塔斯克礁更近。海伦停车的时候，灯塔的光束划过屋子前方。妈妈理都没理海伦就走进了屋子，海伦只好在车子旁等着她出来。德克兰告诉过她这房子很豪华，花了一大笔钱，但在海伦看来这只是一间普通的、屋顶铺上了瓷砖的独立平房。她想，耗了一大笔钱的，是这位置。

她勉强在渐弱的天光下辨认出黑夜中的地平线。她意识到，这屋子早上接触到的第一样东西就是阳光。她想知道为什么妈妈不在屋前多装些玻璃。灯塔的光束又照过来，打在她的身上。

妈妈出现了，她两只手抱满床单和枕头，将它们全都放进车子后方，还是不理会海伦。海伦想开车回卡什，让妈妈什么时候想走再走，但她感觉到某种好奇心正诱使她进屋里看看。她打开车门，被这里的沉滞和纯粹的沉默惊到了，一丝风都没有，大海太远，啸声也传不过来。妈妈抱着羽绒被出来，差点在门边撞到她。

“我需要你帮我搬床垫。”她粗暴地说。

门厅和右边的卧室看起来很普通，就像所有新房子一样，吸引海伦眼球的是左边的房间：她觉得它应该有三十多英尺长，更像画廊而非起居室，有着雪白墙壁，浅色木地板，天花板很高，屋顶还开了窗户。中央是一个巨大的火炉，最里侧的山墙则是用玻璃打造的。看起来很难让人相信她妈妈独自一人住在这里。

海伦正看着房间，妈妈擦身而过。

“这房子太棒了！”

“海伦，我们要把床垫从那个小卧室里拿出来。”

海伦没管她，走进房间里，注意到其中一个角落里有扶手椅、沙发和电视机，但更引人注意的是房间里的空空荡荡。她突然想到这个房间像什么了——就像妈妈在韦克斯福德镇那个办公楼的顶层。那儿有着同样高的天花板，同样的顶灯，同样有着简约气息。她想，一定是同一个设计师设计的。她想知道，屋中还有没有小一点、舒服一点的房间让妈妈在夜里或周末歇歇脚，但走回门厅时，她意识到这里只有两个卧室，一个厨房，一间浴室。没有别的房间了。

妈妈将床垫拖进门厅。“你要在那里呆呆地看着吗？”她问。

“我还在为你的房子震惊。”海伦说。

“我们可以将床垫放到车顶架上。我有东西绑紧它。”

“我们最好能拿一盏灯去，可以放到他床边。”海伦说。

“上帝啊，卡什那个房间真致郁。”妈妈说。她走进她自己的卧室，拔下床边灯的插头。“他还需要什么吗？”她问，“就在我们走的时候，他看起来很不舒服。我都不敢看他。”

“现在你什么都知道了，我觉得他会开心些。”海伦说。

“我希望不会下雨打湿床垫。”妈妈打断了她。

她们将床垫搬到车上。在黑暗中，他们可以看到罗斯莱尔的灯火，灯塔的光芒闪过时，她们被灯塔的亮光笼罩，就如同电影里的场景一样。他们将床垫绑在车顶架上，将灯放到后车厢里去。

“我们在卡什见。”海伦说。

“你知道怎么开回韦克斯福德镇吗？”妈妈问。

“我会找到路的。”她说。

她用黑水村的投币电话给休打了电话。他妈妈接到电话，她非常担心德克兰和海伦的妈妈、外婆。

“你们现在一定很难过，”她说，“请你相信，我们都会为你们祈祷。”

休告诉她男孩们都在熟睡。马努斯从酒吧回来的时候，在我的怀抱里睡着了，他说。

“酒吧？”她问。

“他们去年就记挂着这个酒吧，他们需要钱的时候才想起我的存在。”

“他们还好吧？”

“他们很好，在睡觉。我自己要去酒吧一趟。”

“别滥交朋友。”

“放心吧，”他说，“我既纯洁又严肃。”

她开车回卡什，看见妈妈和外婆正在将床垫拖进屋子里。她觉得自己能倒在屋前那块冰冷的水泥板上马上熟睡。她担心这个夜晚，害怕又只能睡着一会儿，然后醒来用一夜去思索。

他们将床垫放在床架上，然后开始铺床。海伦想，妈妈带来的所有亚麻织品都是全新的，从没用过。妈妈一定赚了很多钱。她们将灯的插头插上，将灯放到床边的椅子上。

海伦走进厨房，发现德克兰在看电视，而猫咪在狐疑地向下望着。在电灯下，他鼻子上的瘀青显得更暗更丑陋。

“你真的对猫过敏？”她问。

“是的，它们会让我的胃很不舒服。”

她告诉他自己进了妈妈的屋子。

“白天时，那里棒极了，”他说，“真的很美。”

“那你为什么不去那儿？”

“那里让我毛骨悚然。”他说。

“那这里不也会让你毛骨悚然吗？”

“我需要这种毛骨悚然，”他说，“我也不知道为什么。”他笑了。

海伦注意到整理好床铺开了灯之后，妈妈和外婆看起来更开心满足了。德克兰看起来也变开心了。

“从医院出来真是太好了。”他说。

海伦好奇他是否知道自己还能活多久，也好奇他能否活得比别人预测得更久。她想知道他们告诉了他多少东西，她想，这是个问题，她必须要问问保罗。她幻想她们一打开新闻，就听到人们发明了一种艾滋病疗法，能马上治好患病多年的人。

德克兰上床了，三个女人在厨房里吃三明治。她们之间有一种令人不适的平静；小心地挑选话题，又谨慎地聊下去，生怕随口一个字眼就会引发摩擦。最后海伦走向德克兰的车，将她在都柏林买的杂货还有母亲车里剩下的床具都拿了进去。

她经过德克兰的房间，看见灯还亮着。他仰卧着看着她。

“在这里感觉很奇怪，对吧?”他说。

“是，我昨晚睡不着，整夜都在想事情。”

“你可以关上门了，”他说，“我就要关灯睡觉了。”

“德克兰，”她说，“如果你晚上醒来需要有人在，就来我的房间叫醒我。”

“我会没事的，”他说，“我希望我会没事的。”

五

海伦醒来看着手表，已经十点了。她听到人的动静和有东西被推拉的声音。她重新躺下打瞌睡，然后彻底清醒过来，将手枕着头躺着。她的思绪还在妈妈的家里游荡，还想着昨天对自己新生活的初体验。她不理解妈妈在一天的工作之后怎能回到那房间里面对一切，为什么她要选择在一个远离城区的地方独自居住。

她记得德克兰说过老房子是怎么卖掉的。德克兰随意地说起这件事，就好像在说妈妈换了车一样。他震惊于海伦的沮丧，承认他虽然知道了一段时间，但觉得这不是很重要，就没告诉她。她问他是什么时候交易的，他说四五个月前妈妈已经搬去了韦克斯福德镇。谁买了房子？德克兰说他一点都不知道。那些家具、装饰、画作、照片呢？德克兰笑她竟然担心这些，然后说他也不知道。

"屋子里有属于我的东西。"海伦对他说。

"什么东西？别傻了！"

"我房间里的东西。书、照片，还有对我来说很重要的东西。"

"多年前她就把你的东西清出去了。"

"她没有权利这样做。"

那个房子已经不在了。她在心里再一次走过那些房间，想象每扇门关上的样子——父母房间的门关上时几乎无声，而德克兰的房门则更难处理，开门或关门很难不响彻全屋——还有电灯开关——比如浴室外面的那个开关，德克兰长高够得着之后，很喜欢在里面有人时将灯关掉，还有她浴室门后的电灯开关，坚实难按，要用力地打开关上，不像父母房间的灯，轻轻一击就能开关。

她想象这空荡鬼魅的屋子，如同船沉水中，保持了她最后一次看见它的形态。那个装着给父亲的弥撒卡和吊唁卡的箱子放在父母的床下，另一个箱子则装满了旧照片。通往阁楼的地方有一块方木，有风之夜可以将它推到一侧。

现在是别人住在那里了。德克兰曾告诉她，这就是那房子的遭遇。他假装美国口音说，想开点吧。

然而在得知此事以后的日子里，她还是觉得卖房子这件事不是正常的，也不是不可避免的。她和休在一起的第一年就和他说定，无论沮丧还是忧愁都会告诉他，不会像她的老习惯那样，将事情埋藏起来，不让他知道重要的事情，导致他只能在几个月后才发现前一段时期她沉默和阴郁的起因。但她没法告诉他房子的事情，还有听到卖房一事后的心情，因为她也想不通为什么自己会如此在意。

多年来她一直努力平息对妈妈的情绪，本来已经确信妈妈再也不能激怒她了，可这次还是很生妈妈的气。她在沉默中生气了许多天。休一直看着她，假装没事发生，直到她意识到自己应该告诉他是怎么回事。他困惑于愤怒的来源，他想知道是不是没有别的事情在影响她。

他告诉她，她必须说出来，才能把问题解决。他喜欢缓和、协商的语言。他们早早就上床，她谈了几个小时，他则抱着她倾听。他努力去理解，但是这些冲突太尖锐，太根深蒂固，他没法理解。她觉得她需要重访老屋子的房间，哪怕只是想象，这样她会知道有些事情已经结束。她想，她需要让这件事了结，让它安静地离开自己。那些房间都不再是她的了；相反，现在她、休和男孩们共住的这幢房子、这些房间才是她的。

几天之后，她开车从学校回家，一个念头袭来，让她赶紧停下车，坐在车里回想一切。她想到了：她无法将那屋子还有买卖扫出脑中，是因为她相信自己有一天会回去，那儿会成为她的避难所，妈妈会不顾一切等着她，让她进去，为她遮风挡雨保护她。她之前从未这样想过。她也知道这想法不理智且毫无根据，尽管如此，当她坐在车里时，她知道这是真的，它解释了一切。

在她恐惧未经探索、冲突也未解决的内心深处，她相信她和休的生活会让她失望，不是害怕他会离开她，更确切地说，是相信她会有朝一日出现在妈妈的门口，乞求进门和原谅，而妈妈会说她永远为海伦留着房间，她想待多久就待多久。在这个剧本里，男孩们并不存在，当然到她妈妈的新屋子去寻求庇护的可能性也不存在，她意识到这是个白日梦，她绝对不能去想。然而，它还是如同突然的眩晕一般征服了她，她知道决不能告诉休，这对他来说太黑暗太不忠，他会比她更受惊吓。

她把原因找出来了——她相信自己是对的——她得独自安静对抗它，一遍遍告诉自己，她永远不需要这样出现在妈妈家的门口，也不会在旧房间里被她安抚着入睡。她想，旧屋已经不在了。我有新房子了。但关于旧屋的阴暗想法还是在困扰着她。

就是现在，她突然想到，德克兰在昨晚激发了她这恐惧至深的幻想。他回来寻求安慰和宽恕，就像她曾觉得自己会做的那样，而她们已准备好等他，仿佛她们一直留心他们妥协的一面。她害怕这对称关系，却不知道这意味着什么。

外婆拿着一杯茶走过来，放在她床头柜上。

“德克兰刚刚起来了，”她说，“他在浴室里。莉莉刚破晓的时候就去韦克斯福德了，她说上午就会回来。”

德克兰用完浴室后，海伦也起来了，洗了个澡，穿上衣服。今天大风天阴。她走进厨房，德克兰和外婆已经在了，德克兰坐在 AGA 炉旁，看起来虚弱而不适。

“天气真糟，”他说，“外婆说会放晴的，但这天气真糟糕。”

她意识到他现在被困在这里了，他曾梦到过这屋子，这峭壁，这沙滩，但不曾想到可能出现天色灰蒙风声呼啸的普通早晨，也没想过他会在外婆洗餐具时和她攀谈。她的第一反应是找个借口进村，可能会提出带上德克兰，然后在那儿尽可能待久一点。她想，外婆也和他们一样不舒服，她的日常生活被这两个半生不熟的入侵者干扰了。

“外婆，您经常去韦克斯福德吗？”外婆在厨房的桌子旁坐下来，海伦问。

“哦，我一周去一次。”她说，然后喝了一口茶。

“您怎么去？”海伦问。

“我去年把那几块地卖了才开始去的。”外婆挪挪位，在餐桌旁坐下，“我决定每周三去韦克斯福德。我周围问了一圈，发现可以向黑水村的泰德·金赛拉租车。所以我和他协商，每周三上午他开车送我去韦克斯福德，四点钟在皮提特超市外面接我。你能想象到的，我付他不少钱。这很令人愉快。”外婆微笑着继续说。她好像很喜欢这个谈话的机会，“这是属于我的一天。我会买一份报纸、一份杂志，坐在怀特商店或塔尔伯特旅馆喝茶，然后在镇里闲逛，逛逛那些商店，尝遍镇里每间店的午餐。你要么早去，要么晚去，否则就会撞上那群上班族。当然，我还会避开你妈妈。”她笑起来，几近恶毒，“然后我会去超市，买够一星期的东西。我当时没想清楚。但这当然不会持续很久。泰德·金赛拉会不让人知道他每周三都去两次韦克斯福德吗？他会不顺便带上各种各样的人吗？噢，他们想知道你所有的事情，他们会看着你的脸，问你会不会卖更多的地。有一天——就在圣诞前的一周——泰德过来告诉我，如果我不介意，他会在五点接上另一个乘客，我能不能在车里等等，或是在别的地方等。而当时他已经迟到了十分钟！哦，我就不让他得逞。我很生气。回程我就按照我一个人来时的钱付给他。回家之后我让邮递员汤姆·华莱士给他带了一张便笺，告诉他我再不会去韦克斯福德镇了。我没有说原因。他当然知道原因。”她停住了，噘起嘴，好像再次愠怒了。

“我又想了想，大概一周后——我已经习惯了到那儿去，它让我的一周都变得美好——我给梅丽莎·鲍尔打电话，她是莉莉的秘书。我认识她父亲，她也很能保密。莉莉有时候自己懒得来，就派她来带过几次口信。我让她不要告诉莉莉我给她打电话了——我是在黑水村的电话亭给她打的——我问她韦克斯福德最好的出租车司机是谁。我知道那里有好些司机，我在《人民报》的广告上看到过出租车广告。她告诉我是布伦丹·登普西，我给他打了电话，他告诉我收费会很贵，但实际上比那笨蛋老泰德·金赛拉收得还要少，而且他也很和善，非常文雅，现在我都和他进城——噢，他有一辆漂亮的车子，我不知道是什么车，我告诉他坐在里面就像示巴女王一样，有时候他知道我不想说话，并且他总是询问能不能打开收音机。他很有趣，他会听着新闻，也不打听我的事情，我的周三很愉快。"

她坐在桌子旁看着他们，好像在等着迎战他们的反驳。

"外婆，您是很棒的女人。"德克兰说。

"您昨天去韦克斯福德了吗？"海伦问。

"海伦，我去了，"她说，"所以，加上你带来的东西，我们现在储备了很多食物。"

他们在沉默中坐了一会儿，然后听到有一辆车在靠近。

"安静一下，"外婆说，"这不是莉莉的车。"她走到窗边，拉开花边窗帘，关上厨房的门，然后走向门口。海伦和德克兰能听到一个欢快的男声在问她是不是德克兰的外婆。

"噢天呐！"德克兰说。

"这是谁？"海伦问。

"是拉里。我没想到他今天就来了。"

海伦想起德克兰曾叫保罗给拉里指路，叫他尽快过来，但此刻他明显为朋友的来访感到尴尬。她想知道他现在是不是满足于只有她和妈妈、外婆的状态，是否对又一个不速之客的到来感到尴尬。

外婆走进厨房，拉里陪着她，他一来就开始说话。

“你看看你自己，”他对德克兰说，“你看起来就像来了之后从来没有离开过那张椅子。这些女人都把你宠坏了。”

海伦看见德克兰马上就开心起来。

“上帝啊，这个地方真难找，”拉里气都没喘就继续说道，“我整座村都走遍了。没有人知道什么布林，然后我才意识到叫布林的不是你外婆。”

“我外婆就站在你后面。”德克兰说。

“可以看看那些猫吗？”拉里指着柜顶说，“它们叫什么名字？”

“那只黑色的肥猫是加雷特，另一只是查理。”德弗罗太太说。

“您是认真的吗？”拉里问。

“是的，拉里，”德克兰不动声色地说，“她是认真的。”

“瘦的那只看起来就像查理，”拉里说，“名字真是好玩。这是你姐姐吗？”他说话停都不停，一直面带微笑。

海伦想，拉里太友好了，他的举止太过直率，但她觉得他不管怎样都比保罗好，保罗太守规矩太冷漠了。

“别介意他，”德克兰说，“他一紧张就说个不停。”

“什么？”拉里说，“谁紧张了？”

“嘿，拉里，”德克兰说，“闭嘴。”他对着拉里微笑。

“拉里，你想喝杯茶吗？”德弗罗太太问。

“不，不用。我很好，谢谢，”他说，“上帝啊，这些猫的名字真是好玩。”

“拉里，停下来。”德克兰说。

“你带卷尺了吗？”德克兰问，“我相信外婆需要做些装修。”

“事实上，我真带了，”拉里说，“我放在车里。你知道找到这里有多难吗？”

“如果你不闭嘴，我们就淹死其中一只猫。”

“德克兰！”外婆说。

“外婆，我必须说些猛的来让他闭嘴。”

“好，好，我会闭嘴的，”拉里说，“上帝啊，一路开过来真远。”

“两只猫，”德克兰强调，“我们会淹死加雷特和查理。”

“这和卷尺有什么关系？”外婆问。

“拉里，”德克兰说，“是名建筑师。”

海伦注意到德克兰午饭什么都没吃，她和拉里、外婆吃完后，他靠在AGA炉旁的椅子上，闭上了眼睛。外面的天空已经放晴，但还刮着大风，而且也不能保证等会儿天空不会又阴云密布。

“我想到沙滩去，”德克兰说，“不会太久，就在下雨前待几分钟。”他还是闭着眼睛。

“好，我们会跟你一起去。”拉里说。

他们设法下到海滩去，德克兰一直用手遮住双眼，说光线太亮了。他们帮助他一步一步走，海伦发现他非常羸弱。最后，她和拉里跑过了最后一段路，站在沙滩上，德克兰却独自站着，没法搞定。拉里要回去帮他，但德克兰突然跃过了那滩散沙。他看上去面色苍白，筋疲力尽。

“我应该带上我的披风。”拉里看着大海说。风在沙滩上吹起一道薄薄轻烟。

“我想自己在这里待一会儿，”德克兰说，“我就想在这儿待一会儿，这里可以挡风雨。你们俩上去时，我会跟上你们的。”

“为什么我们不先散会儿步？”

“不，我就坐在这儿。”德克兰说。

“我们不能把你留在这里。”海伦说。

“海莉，我没事的。我就只想看着大海想事情，等会儿我会上去的。”

海伦告诉他可以从通往迈克·雷德蒙的屋子缺口那边上去，更容易爬。她和拉里朝那边走去。

“他在那里没问题吗？”海伦问拉里。

“我在房间里看到他时真的吓了一跳，”拉里说，“他看起来很糟糕，不是吗？”

“你认识他多久了？”

“大学就认识了。”

“你觉得我们应该留他在那里吗？”

“随他心意吧。”拉里说。

“有时你会忘记他还是病人，或者说你没意识到他病得多重。”海伦说。

“问题在于他自己也会忘记，”拉里说，“或者说他会抛诸脑后，过一会儿才想起来。这非常不易。”

他们爬上缺口，走到迈克·雷德蒙家破败的屋子。拉里围绕着它走，触摸墙面和烟囱管。

“你外婆很幸运，她的屋子离悬崖更远。”他说。

“这屋子前面曾有个大花园。”海伦说。

“地基很浅，墙也不够牢实。”拉里说。

“你带卷尺了吗？”她问。

他认真地看着她：“怎么了？”

她笑起来，他意识到她是在嘲笑他。

“你比德克兰还坏。”他说。

他们沉默着走回崖顶，拉里看着大海，又停下来俯瞰海滩。“我都不知道韦克斯福德郡还有这样的地方。”他说。

他们走到小路上，看见莉莉朝他们开车过来。她在她妈妈家门口停下。

“德克兰在里面吗？”她问。

“妈妈，这是拉里，他是德克兰的朋友。”海伦说。

“你好，”她冷漠地说，“德克兰在里面吗？”她又问了一遍。

“没有，他在沙滩上。”海伦说。

“他和谁在一起？”妈妈问。

“没人陪他。他一个人。”

“怎么能这样？”

“他让我们留他在那儿。他说他要想事情。”

“海伦，这样很不负责任。”她朝悬崖方向走。

“你要去哪？”

“我去找他。”妈妈说。

“他想要一个人待着。”

妈妈还是朝悬崖走去，离他们而去。

“那边很脏。”海伦朝她喊道，她没转身。

“看她的鞋子，”海伦对拉里说，“她永远也没法下悬崖。”

“母爱伟大。”拉里说。

“我想你是在讽刺？”

“又不是只有你和德克兰懂。”拉里说。

“我还以为你是个简单善良的小伙子。”她说。

“相比起你妈妈，我想我更喜欢你外婆。”他说。

“我曾经有段时间也是，”海伦说，“这是个错误。”

他们坐在厨房里，听着海伦的外婆在楼上走动。柜顶的两只猫不见了。外婆走下楼梯走进厨房时，她每只手臂都抱着一只猫。

“这两位绅士，”她说，“被来访者们打扰到了。”

“您这里风景很好。”拉里说。

“风景？”她问，“看着这些海会厌倦的。我告诉你。如果我能将屋子调转方向，我会这样做的。”

“这屋子很别致。”拉里说。

猫儿从她手臂跳出，跑上柜顶，怒视海伦和拉里。

“我腿脚不好，”外婆说，“我喜欢楼下的卧室，但是浴室在楼上。这不合理。”她走到窗边，拉开花边窗帘。“噢，莉莉来了。”她说。

海伦和拉里听见德克兰和莉莉在说话，站了起来。海伦打开厨房门时，发现妈妈的鞋子全是泥灰和淤泥。而德克兰哭过了。他们没进厨房，而是走向德克兰睡觉的房间。

“他还好吧？”外婆在他们身后喊道。

“他很好。他要躺下。”

拉里走开，在屋子前方坐下，外婆谨慎地关上厨房的门，又检查窗户以确保没人过来。

“海伦，”她问，“那个男人拉里，他也准备待在这里吗？”

“外婆，我不知道。”

“海伦，我们要将他们安排在一个房间吗？”

“我不知道。”

“我觉得我们现在都够时髦了，”外婆再次走到窗户边，说，“我和大家一样时髦，我只是想知道。就是这样。”

“外婆，你的意思是——他们是一对吗？”

“对，我是这意思。”

“不，他们不是。”

“那德克兰的伴侣在哪？”外婆问。

“他没有伴侣。”海伦说。

“你的意思是，他没人陪伴？”

“他有我们，”海伦说，“他还有朋友们。他不是没人陪。”

“他没有属于他自己的人，”外婆悲伤地说，“没有属于他自己的人，所以他到这儿来了。我之前不明白。海伦，我们要为他做能做的一切。”

外婆的视线聚焦在远处的某处，不再说话。拉里进来看到她们，假装他只是在寻找什么，很快就离开了房间。

海伦走到她的房间躺下，努力入睡。她盯着天花板，意识到妈妈就坐在隔壁房间，和德克兰在一起，她惊异地发现窗户只是墙上的一个小缝，将房间变成一个充满潮湿气味、影影绰绰的深邃空间。她印象中不是这样的。

她想起去年和休、卡舍尔、马努斯来到这里的情形。男孩们很激动，兴味盎然。马努斯看过母鸡的录像带，从都柏林出发后他一直在说他会在卡什见到母鸡。卡舍尔在那几周着迷于衰老与年轻的观念。他在多尼戈尔的奶奶老了，他在卡什的外婆老吗？他问。海伦解释，他的外婆在韦克斯福德镇，他的曾外祖母才住在卡什，是的，她很老了。

即使他们只待一天，男孩们还是带上了浴衣、篮子和铁铲。海伦向他们介绍那个悬崖。

“那里有沙吗？”卡舍尔问。

“是的，很多沙。”她说。

“他们在卡什说英语吗？”他问。

“基本都说英语。”休说。

他们走出车子，站在他们曾外祖母的屋子前，狐疑地看着周围。这房子外观破旧，楼上的一扇窗户还坏了。外婆走向门口时，海伦试图通过两个男孩的视角看她。她的出现有吓人的成分。海伦和休走向这位老太太，男孩们却没动。海伦担心马努斯会跑回车子，或者更糟，说她外婆是个巫婆，或者在他日渐增长的词汇中找出别的类似词语来形容她。

男孩不愿意进屋。海伦问休能否带马努斯去看弗朗家的母鸡。能找到一个借口离开，休看上去几近感激。

海伦示意卡舍尔进去。他站在厨房里检查所有东西，目光挑剔而自然。

“噢，他简直就是你父亲的样子，海伦，”外婆说，“他不就是你父亲的样子吗！”卡舍尔冷漠地看着她。

休和马努斯回来了，很显然观鸡之旅并不成功。

“它们很脏。”马努斯说。

“你们现在去啊，”德弗罗太太说，“不是时候。每星期一弗朗太太都会用肥皂和水清洗它们。”

“您住在这里吗？”马努斯问。

休在 AGA 炉旁坐下，海伦、马努斯和德弗罗太太在餐桌旁坐下。卡舍尔不肯坐下。

“现在你妈妈随时都可能过来。”外婆对海伦说。

“她也是你妈妈吗？”马努斯问。

“不是，马努斯，”海伦说，“我们在说我妈妈，也是外婆的女儿。这样解释清楚了吗？”

马努斯假装厌恶，皱起脸来。他讨厌碰到不明白的东西。

“你以前住在这里吗？”他问海伦。

“不，这是我外婆家。”她告诉他。

“这里有股恶心的味道。”他说。

他开始看着天花板上靠着灯具处挂着的捕蝇纸。他叫卡舍尔过去。

“苍蝇都死了，”卡舍尔说，“它们粘在纸上。”

“举高我。”马努斯对休说。

“你必须表现得好些，马努斯，”海伦说，“这是外婆的房子。”

“我想要看看死苍蝇。”他说。

“那些纸是有黏性的。”卡舍尔说。

“它们很脏。”马努斯补充道。

两只猫出现在窗口，外婆走出去抱它们进来，一手一只。它们一看到来访者，就跳到碗柜上的栖息处。马努斯想要找人帮他抓它们下来，好让他和它们玩耍，但德弗罗太太解释它们不喜欢小男孩。

“那你为什么要带它们进来？”他尖锐地问。

那天天气温暖，阳光灿烂，海伦想如果休现在带男孩到海滩去就最好不过了。她会和他们走到悬崖边。

他们在小路上走着，她和休都小心地不发一言，假装这只是次拿着小桶和铲子的普通远足。接近悬崖后，休用手臂举起了马努斯，海伦握住卡舍尔的手。他们走到悬崖边时，天开始变黑，男孩们惊奇而恐慌地往下看。

“这就是那个海滩吗？”马努斯问。

“是的，你可以借助台阶下去。”海伦说。

“什么台阶？”

她指给他看。

“你得跑过最后一段。”她说。

“我讨厌它。”马努斯说。

“下去之后就很棒了。这里的海比多尼戈尔的暖多了。”

“太脏了。”他说。

“我们必须要下去吗？”卡舍尔问。

“不，”海伦说，“你们想怎样都行。”

她意识到他们已经习惯了多尼戈尔绵长的沙滩，悬崖上的泥灰还有短短的沙滩对他们来说很古怪。

“但我想你们会喜欢下面的。”海伦说。

“我们要在这里待多久？”卡舍尔问。

“就今天。”

“我们不在这里过夜，确定吗？”

“是的，我们等下要开车回去。”

男孩们站在那里闷闷不乐。

“马努斯，如果你现在下去的话我会背你。”休说。

“不，我要坐在你肩膀上。”

“没问题。”

“如果水冷就不游泳。”马努斯说。

卡舍尔朝海伦摇头，示意他不想下悬崖。

“你可以跟我过来，”她说，“坐在车里读你的漫画书。”

“我可以坐在方向盘前吗？”马努斯问。

“等你回来之后。”她说。

卡舍尔在车里看漫画，海伦和外婆等着妈妈到来。休和马努斯回来了，妈妈还是没到，海伦就把冷掉的午餐从车上拿到厨房里，他们围着餐桌坐下。外婆说她做好了汤，还想将排骨煮了，但海伦坚持只吃她带来的东西。从餐桌走到碗柜时，海伦突然想到德克兰曾被硬塞过这些柳条图案的碟，上面装着他不吃的洋葱和胡萝卜。她现在差点希望外婆做些男孩们不吃的东西——比如说奶酪和卷心菜——然后看他们的反应。他们会鄙夷地回应，连看都不会看。

他们吃了午餐，又喝了茶，其间一直都留心着莉莉的车声。他们谈论着卡什的邻居，休切了一块硬纸板挡上楼上的破窗户，卡舍尔看着漫画，马努斯试着诱使猫从巢穴里出来。海伦相信屋里没有一刻安静。

她带卡舍尔去厕所时，他问能不能在屋子里四处看看，她说可以。她在楼下告诉他，她和德克兰曾在这些房间里睡过，他变得很感兴趣。但他问她为什么他们会睡在这里而不在自己家的屋子里时，她变得含糊其词。然而卡舍尔坚持要问，她只好告诉他，因为她爸爸死了。

“你爸爸很老吗？”他问。

“不，卡舍尔，他还很年轻。”她说。

“为什么他会死呢？”

“事情有时就是这样。”

“你妈妈老吗？”

“她比我老，但比外婆年轻。”

“她还没死？”

“没，我们正要和她碰面。”

他仔细思量她说过的话，但看起来还不满意。

“德克兰小时候像马努斯吗？”

“他很像马努斯。”海伦说。

“你父亲的样子是什么意思？”

“意思是你长得很像他。”

“但他死了。”

“你像他活着时的样子。”

“他们给他拍过照吗？”

她母亲没有出现，下午已经结束了。最后他们决定离开。休、卡舍尔和马努斯走向车子。

“和你们相处我很高兴，”外婆对她说，“莉莉只听她自己的。”

“反正告诉她我们来过了。”海伦说。

“我会教训她的。”外婆说着转身朝向碗柜，好像在寻找什么。

现在大家第一次沉默了。直到海伦开始说话，外婆才转过身来。

“我们都要忍受很多东西，海伦。”外婆打断海伦说道。

海伦什么也没说。

“你要说什么？”外婆问。

“我正准备谢谢您今天的招待，然后说您应该来都柏林看看我们。”

外婆看着她。

“这么多年过去了，我觉得能听到你这么说真好。”她说。她的语调是苦涩的，几近愤怒。

海伦微笑，转身走出屋子。休在车里发动引擎，她摇下窗户，他们全都朝着她外婆挥手，出发前往都柏林前，休按了下喇叭。

那晚，她喝了大半瓶红酒，才告诉休外婆对她说了什么。

“我们好一会儿都不会再靠近她们了。”他说。

现在她又和她们回到同一屋檐下。她从床上起身，在旧镜子里端详自己。她看得出自己的眼神有多么疲惫。她叹息着打开门，回到外婆的屋子里，回到妈妈、弟弟还有他朋友的身边。

她坐在厨房里，他们听到另一辆车驶进小路。德弗罗太太透过窗帘望出去。“又来了一个他们的人。”她说。

“外婆，你说谁?”海伦问。

“你自己看。”她说。

海伦看见了保罗。他提着行李箱。她们看见他在和拉里说话。

“你们谁去招呼他一下吧。”外婆说。

海伦走到门边，带保罗走进厨房，拉里跟着他们。她向外婆介绍他，外婆热情地对他微笑。

“路上花的时间比我想象的要久，”他说，“这个地方很难找。我得一间间屋子去问。”

“哦万能的上帝啊，我现在让他们全都掌握我的信息了，”外婆说，“他们会陆陆续续来的。”

"外婆，你这是什么意思？"海伦问。

"邻居们，"她说，"会嗅到八卦。"

"他怎么样？"保罗问。

"他正躺着呢。"海伦说。

"他来之后就没吃过东西。"外婆说。

"不是这样，他的胃口时好时坏，"保罗说，"我给他带来了一些干净的衣服，还有他需要的药和康补宁[1]。"

"你带阿普唑仑[2]了吗？"拉里问。

"我带了一包。我用的是旧的处方。"

"什么是阿普唑仑？"海伦问。

"能让他开心点的东西。"拉里说。

"能让他开心点，"外婆重复道，"或许我们都该吃点。"

海伦妈妈走进房间里，不以为然地看着他们。

"他想要喝杯牛奶，他不应该再这样落单，他想问他的朋友们能不能住在楼上的空房间里。"

"这位新来的要将他的车从小路上开进来，不然就要滑下悬崖了。"外婆说。

"保罗，"海伦说，"他的名字叫保罗。"

"我们会给他们拿床单和毯子，"外婆说，"还有别的人要来吗？"

"还有来自都柏林的车。"海伦说。

---

① 康补宁：一种奶粉。

② 阿普唑仑：一种常用的催眠镇静药和抗焦虑药。

“我们应该放上正在营业的标志。”外婆说。

傍晚时分，拉里和保罗在卧室陪着德克兰，海伦在厨房里和妈妈、外婆待着，她们听到有人声，然后厨房传来敲门声。

“进来。”外婆说。

玛奇·基欧和埃茜·基欧两个中年女人走进房间，从她们的外貌和穿着方式能明显看出她们是姐妹。她俩在开口说话前，已迅速攫取了所有信息。

“多拉，我们刚好经过，看见那么多车，就想知道你是不是还好。”

海伦看见外婆朝厨房门走去，关上两位来访者身后的门。“我身体非常健康。”她说。

“多拉，你有很多来访者？”玛奇问。

“是海伦和她朋友，只过来几天。”

“她丈夫不来吗？”

“不，不，他在多尼戈尔。”

“男孩们呢？”

“他们也在多尼戈尔。”

“多尼戈尔。”玛奇重复道。

海伦走出房间，告诉弟弟和他的朋友别发出声音。她走上楼用力冲了冲厕所。

“莉莉，我们几乎每周都能在报纸上看到你。”海伦走进房间时埃茜说道。

“噢，莉莉是个大人物了，”玛奇对所有听众说，“她入选了爱尔兰工业发展局名录。”

“红色那辆是你的车吗？”埃茜问海伦。

“没错。”海伦说。

“不过刚才那辆红车的主人停下来向我们问路。”玛奇说。

“不，白车才是海伦的。”莉莉坚定地说。

“不是那辆红车？”

“不是。”

“那辆红车是谁的？”

“是我一个朋友的，他们在我的学校教书，他们现在待在卡拉克鲁。他们去散步了。”海伦说。

“啊，我希望不会下雨。”玛奇说。这两人边喝茶边上下打量她们：“你今晚会住在这里吗？”

“我不知道。”海伦说。

“莉莉，你有好久没在这里过夜了。”埃茜说。

“埃茜，可能我来往这里时你没看见。”莉莉说。

“噢，玛奇会看见你的。”外婆冷淡地说，望向门口。

“去年开始你就没来过这里了，海伦，是吗？”埃茜不顾刚才的话继续说道。

“对。”

“莉莉，你觉得她的装修怎么样？”玛奇指着暖气片问道。

“很好，很好。”莉莉说。

她们刚走，德弗罗太太将手指放到嘴边示意安静，走到窗边："现在别说话！她们在检查车子！"

海伦和妈妈走到窗边。

"你们两个退后！"外婆命令道。

基欧姐妹终于消失后，三个女人才笑起来。

"我和埃茜是同学，"莉莉说，"她是个包打听。"

"如果你认识她妈妈，你就会知道她不会变成别的样子。"德弗罗太太说。

"外婆，您怎么忍得了她们？"海伦问。

"海伦，我没忍她们，"外婆说，"你没听见我对她们说了啥？她们会很愤怒的。"

"她们的老父亲，老克拉奇·基欧曾经用荨麻打她们。"莉莉说。

"啊，如果他对她们做了这些，那倒也不坏，"德弗罗太太说，"现在她们会离开，把新闻和八卦告诉她们碰到的每一个人。幸好她们没有电话。"

海伦走向德克兰的房间，想告诉他们发生了什么，却听见他们在兴致勃勃地讲着什么。她听见拉里的声音，他正讲着一个故事，另外两人插嘴、大笑、怂恿他。她不打扰他们，没走进房间。

外婆在窗边坐着。海边传过来的黯淡光线变暗，阴影渐生，海伦将视线放在老太太身上，看着她的白发还有又长又瘦的脸。外婆说话时，声音清晰而坚决。

“噢，当我看见你从车里下来时，”她对保罗说，“当我看见你时，我就对自己说——又一个他们的人来了。”

“外婆，您这是什么意思？”海伦问。

“我想你知道我在说什么，海伦。”她说。

“她在说同性恋。”保罗说。

“外婆，你不能这样说别人。”

“我看见他从车里走下来的时候，”老太太仿佛在努力回想什么，自言自语道，“看到他走路和转身的样子，我就想知道他过着怎样的生活，他会是怎样的人。”她昂起头，视线越过房间看着海伦。

“这段日子我们都很难过。”海伦说。

“他们过得很不容易，海伦，将来也一样难。”

“我想她又在说同性恋了。”保罗说。

“好吧，我很开心，”拉里说，“在这里我并不开心，但我活得很开心。”

“‘开心’是个愚蠢的词。”保罗说。

大家沉默了。四个人坐在阴暗中，灯塔光开始扫过来。外婆望向窗外，仿佛听到了什么或者有人走近。然后她又看回房间：“海伦，我老了，我想说什么就可以说什么。”

海伦意识到她还害怕着外婆，没法正视她、反对她。她看着房间那边的外婆，心里知道老太太感受不到她的憎恨，她的厌恶。外婆转向保罗和拉里，她的两个访客。

“德克兰从来不说他自己的事情。我们总是觉得他在都柏林过得很好。没人知道他病了，没人知道他是你们中的一员。”

她沉默了一会儿，但很明显只是暂停，为即将要说的话储备力气。

“我知道发生了些什么。我知道一年了，但从来没告诉过任何人，没说过什么。德克兰去年来了这里。他将车停在路上某处，所以我没听到车声，但不知道为什么我走到了小路上，我朝悬崖看过去，看见他朝我走来。他一定经过了屋子但没进来，或者他从迈克·雷德蒙家那边下去，沿着海滩散步。他朝我这边走来，但他没想到会碰到我，我觉得他也不想见我，如果我没走出小路，他只是会路过这座房子。自从圣诞节起我就没见过他，我想他有一年多没来过这里了。他朝我走来时，我看见他在哭，他又瘦又古怪，好像不想见我一样。他从还是个小男孩的时候开始，就一直很乖。走进房子时他试图补救。他一直微笑，不断讲笑话，但我永远也忘不了刚看见他的样子。他喝了茶，我们都知道发生了些可怕的事情，非常糟糕的事情。我知道他有麻烦了，但我万万没想到是艾滋病，除此之外我什么都想过了。”

在灯塔光芒扫过的半明半暗中，海伦屏住呼吸。她想知道为什么外婆此前没告诉她。

“我知道德克兰来了这里，”拉里说，“他常常自己开车离开都柏林，他常去威克洛①，到山里去，他会沿着那些路开上好几英里。他去过韦克斯福德镇好几次，想到他妈妈家里去，但他一直到得太晚，没有进去。我想他希望她会像您一样发现他。但他从

① 威克洛：爱尔兰东部港口城市。

来没见到过她。然后他会继续开车回都柏林。”

“我知道会发生什么，我在等着。”德弗罗太太说，似乎并没有在听。

海伦希望外婆别说话了。她向拉里和保罗抛出一个问题。“你们家人知道你们是同性恋吗？”她问他们。

“告诉她你的故事。”保罗对拉里说。

“我说过太多次了。”拉里说。

“让他告诉你。”保罗对海伦说。

“我外婆会很乐意听到的。”海伦说。她知道这是她能做出的最挑战的事了。“快点，拉里，”她说，“我们都很好奇。”

“好吧，”拉里说，“如果无聊了就打断我。我取得执业资格后，加入了都柏林的一个同性恋团体，我们筹集资金，办了张小报，常常碰面。我出了不少力，非常活跃，所以玛丽·罗宾逊①邀请男女同性恋拜访爱尔兰总统府时，我也在名单上，我不能拒绝。这是件大事。我们很享受为此准备的过程。我知道这听起来很愚蠢，但我们当时想反正法律也还没变，这应该只是次私人会面。结果，所有的报纸还有电台和电视台都来了。玛丽·霍兰②也在那里，还有爱尔兰国家广播电视公司的人，不是查理·伯德，我不记得他的名字了，但我知道他是六点钟新闻的人，要拍摄我们所有人和总统喝茶的情景。”

---

① 玛丽·罗宾逊：爱尔兰第七任总统，也是爱尔兰第一位女总统。任期为1990年12月3日到1997年11月10日。

② 玛丽·霍兰：爱尔兰著名小说家。

“噢，玛丽·罗宾逊，她人很好，”德弗罗太太说，“她很有教养。这样的人不多了。”

“是的，我们都很爱她，”拉里继续说道，“但是这帮不了我。我还是在想我能不能溜出去。我当真这样想。实际上我想过如果我消失了会怎么样。我意识到我再也不能面对我的朋友们了，不过我想这个代价不大。我四处张望，心想或许有人和我感受一样，但又想我应该是唯一想要躲起来的人。我们站成一排被拍照、录像。每个人都在微笑，非常放松。我想我应该笑了。但是我很不放松。毕竟这件事我家人不知道。我必须回我的公寓打电话给保罗，借他的车开到塔拉莫尔①。我刚好抢在六点钟新闻开始前赶到。我敲了门，我妈妈来开门，我爸爸在门厅里。我本来想好了要说什么，但看到我妈妈时就不管用了，我说不出来。我脱口而出：‘你们别看六点钟新闻。’然后走进客厅，像个白痴一样站在电视机前。”

“然后发生了什么？”海伦问。

拉里叹了口气，停住了。

“现在说出来比事情发生时要更难受。”

“说下去。”保罗说。

“好吧，我站在那儿，我妈妈不停地问我发生了什么，但我不能告诉她。我爸爸坐在沙发上看着我，好像我疯了一样。我想或

① 塔拉莫尔：是爱尔兰中部一个热闹的乡村城镇，拥有众多餐厅、酒吧和商店。

许我该告诉我妈妈，但绝对不能告诉我爸爸。所以我说我得和妈妈单独待一会儿。爸爸说那他出去，但我告诉他不用。他肯定会碰到一些已经在电视上看到我的人。他也可能去酒吧，那样他就会亲眼看见我了。”

“你的儿子是个大姑娘。”保罗说。

“保罗，闭嘴。”拉里说。

“所以发生了什么？”海伦问。

“他走进厨房，但我还是什么都说不出来，突然我妈妈看着我说：‘你是不是参加了爱尔兰共和军①？’我没法相信。你能想象我参加爱尔兰共和军吗？我甚至认为塔拉莫尔没有人参加过爱尔兰共和军。他们实在太无聊了。没有，我说，没有。然后我告诉了她真相。”

“她说什么了？”海伦问。

“她说无论我做了什么我都是她的儿子，我现在就该开车回都柏林，她会搞定我爸爸，迟点再打电话给我。她等不及要把我弄出房子。她面色苍白，忧心忡忡。我想如果我进了爱尔兰共和军，她还会开心点。”

“别乱说，”海伦说，“那不可能。”

“好吧，这样说爱尔兰共和军不公平，”拉里说，“我想她只是太震惊太意外了。在我家里，我的兄弟姐妹即使结婚了也没告诉

① 爱尔兰共和军，成立于1919年，由旨在建立独立爱尔兰国的民族主义军事组织“爱尔兰义勇军”改编而成，与驻爱尔兰的英军作战，长时间通过暴力活动实现政治诉求，被许多国家视为恐怖组织。

父母他们是异性恋。我们从来不谈论性。妈妈过后倒是对这件事态度蛮好，她现在也能接受，但我爸爸就还是老样子，对着我咕哝。至少加入了爱尔兰共和军我们还会有话可谈。我们的关系会更正常。”

“你和保罗是一对吗？”海伦问。

“他？你一定在开玩笑。”拉里说。

“那你会情愿疯掉。”保罗说。

“你说什么？和你在一起，还是和他在一起？”海伦问。

“和他在一起，”保罗说，“或者说和我们中的任何一个在一起。”

“那拉里你有男朋友吗？”海伦问。

“拉里，告诉他们。”保罗说。

“海伦，我有，”拉里说，“但我不能多说什么。”

“继续，拉里。”保罗说。

“我相信德弗罗太太已经听够了。”拉里说。

“噢，别担心我，”老夫人说，“没有什么能吓到我。经历过我这样的人生，已几乎无所不知。”

“很有趣，像这样在黑暗中说出来会更容易，”拉里说，“就好像去忏悔，只是忏悔室里没有灯塔。”

“继续吧，我们都等着呢。”保罗说。

“等会儿我们都会听到保罗的故事。”拉里说。

“说故事吧。”保罗说。

“如果我说得太长了就打断我，”拉里说，“离我们家不远处有一个大家庭，有五个女孩和四个男孩。我的家人和他们的父母是朋友。他们父母很虔诚——父亲在圣文生善会[①]里，母亲一直在做苦难耶稣九日敬礼。他们都是很好的正常人。他们最小的儿子住在都柏林。我现在正和他在一起。已经有好几个月了。只是我和另外三个都好过，我指那三个儿子。有两个已经结婚了，但他们并没有因此收手。很有趣，他们都不一样。最小的那个棒极了。”

他说完时大家沉默一片。海伦透过窗户能看见几丝光线，但是房间里已是彻底的黑暗。

“那真是个可怕的家庭。他们基因里一定有点什么。”过了一会儿保罗说道。

“是的，在他们的基因里，”拉里说，“还在他们的涤纶裤子里。”

“我现在总算是什么事情都听说过了，”老太太说。她的声音很刺耳，音量大得超乎寻常，好像在聚集更高的能量：“四个人！他们还真是一伙的。”

“我想我妈妈这会儿要担心的事情够多了。”海伦说。

“我说过你们不会想听的，德弗罗太太。”拉里说。

“守护你的心，这就是我对你的建议，守护你的心，自己保重。”

就在这时，灯开了，海伦的妈妈站在门口。“你们在黑暗中干

---

① 圣文生善会（Society of Saint Vincent de Paul）是爱尔兰最大的天主教公益组织。

什么？”她问。

海伦眨眨眼，用手挡住刺眼的电灯光。她希望妈妈会关掉灯。

“德克兰刚才很不舒服，但不算太糟糕，”妈妈说，“我会收拾干净的，没事了，我想他已经睡了。我希望他睡了。我不知道你们在黑暗里干什么。”

“莉莉，我们在说话，我们没留意到天黑了。”外婆说。

“我进来时你们在说什么？”海伦的妈妈问。

“我正对男孩们说现在是非常艰难的时候，很高兴能有他们陪伴。”外婆说。海伦看着她，而她的脸朝向拉里，好像在怂恿他反驳她。“莉莉，这就是我跟他们说的东西。”她说。

老太太站起来，望向外面的黑夜。她将椅子放回去，慢慢地拉上窗帘，拉里走过去帮她。他刚靠近她，她就扬起手，好像要打他。他笑着从她身边走开。

她们为拉里和保罗在楼上的小房间里铺好床，莉莉则说要离开一阵，因为，她前一晚已经没有睡着，让她妈妈保证开着手机。她说她早上会回来。海伦和她一起走到车边。

“我来这里的第一晚也睡不着。”她说。

“如果有问题，你会打电话给我的，对吧？”妈妈说。

“我发现，经历那么多事情之后回到这里的感觉很奇怪。”海伦说。

妈妈发动了引擎，在院里倒车。海伦站到一旁去。

她在黑水村里给休打了电话，回来之后，发现德克兰正穿着睡衣拖鞋坐在AGA炉旁。保罗、拉里还有外婆坐在厨房的桌子旁，看着《韦克斯福德人民报》上莉莉的电脑公司做的整版广告。

“你的妈妈真吵。”保罗说。

“莉莉总是固执己见，”外婆说，“她还是个婴儿时，如果你要抱她或者将她放在膝盖上，她都会要求被放下来，然后自己爬来爬去，岁数更大一点她就会要求自己下来走。你永远没法要求她去做什么。你甚至不能叫她早上起床。她会在你起来之前先起。她一直都工作出色，头脑很聪明，她在大学里拿了奖学金。修女们很爱她。我是第一个接待泳客的人，所以我有钱送她去班克洛迪的天主教会学校上课，你知道的，她差点成了修女。”

“我从来不知道。”海伦说。

“噢，修女们可爱她了，”外婆继续说，“她毕业那年，我们在万圣节假期结束后开车送她回去，修女们把我们叫进去，她们之前从来都不会打量我们，那些修女真是非常高傲，简直就像法兰西骑士一样。艾曼纽院长，最高傲的那个修女，对我说她相信莉莉负有圣命。我对着她笑了，说这是我们最开心的事情了。我一直都微笑着，最后走出去上了车，对你外公说我要向上帝祈祷，阻止莉莉加入修道院。”

“您不想让她成为修女吗？”保罗问。

“莉莉？我们漂亮的女儿？让她剃光头发？蒙上面纱，待在冷风阵阵的修道院里，只有衰老的修女陪伴？我才不要！我每晚都睡不着，尽是思考怎么阻止她。我知道我们不能说服她，和她说教是毫无用处的。你的外公——他是一个很好的男人，他在天堂里会有好报的——他说我们应该接受上帝的意志，我说我不想她成为修女也是上帝的意志。”

“外婆真棒。”德克兰说。

“所以您做了什么？”海伦问。

外婆看着地面，什么都没说。其他人沉默地看着她，等着她继续。

“我去沏茶，”她说，“我说得太多了。”

“没有，您没有，您得告诉我们。”德克兰说。

“我去沏茶。”海伦说。

“好吧，我想了又想，”她舔舔嘴唇说道，“我知道我得在圣诞假期结束之前阻止它。我想了想莉莉这个人。你知道，当女孩们在表演护士的角色时，她就要成为最好的护士，她会让我一整夜处理衣服的式样和材料。她总是做周围的人在做的事情，只是要做得更好。她的学习也一样。她必须成为最好的、最热情的。她和修女日夜待在一起，那么，当然，她也想成为她们的一员。想到这一点，我就知道怎么做了。这正好是在我们接她回来过圣诞节之前搞定的。”

“外婆，您做了什么？”海伦在朝茶壶里倒水时问。

“莉莉需要换换脑子，就是这样。我的妹妹斯塔蒂亚嫁给了布里的博尔杰家的其中一人，她有五个男孩，没有女孩，他们是韦克斯福德郡最野的孩子。他们人很好，很得体听话，但斯塔蒂亚很爱他们，她比我软弱，她任由他们在乡间流浪，在没有人开派对的时候开派对，开父亲的车去参加舞会，直到第二天的晚饭时间才回来。他们博尔杰家的堂兄弟也一样糟糕。他们想着的只有曲棍球比赛、女孩和舞会。有三个堂兄弟进了韦克斯福德郡队。”

“我去了布里，让你外公留在车里，我去跟斯塔蒂亚说，斯塔蒂亚明白怎么做了，不过哪怕她不理解也会听我的。我让她在圣诞过后带着莉莉，让她和博尔杰家的孩子们一起玩。我们在圣斯蒂芬节[①]放她在那儿。她有一些吃惊，但也没怀疑什么，我们到她要回学校的前一天才去接她。斯塔蒂亚让她去参加所有的舞会。她穿着从一个博尔杰家的表兄弟那儿借来的衣服，坐着汽车和货车跑遍整座村子。斯塔蒂亚告诉我说，她就像只小猫一样疯。她描述起那些舞会上的老农夫，让大家都忍俊不禁。她是最棒的舞者，成了一个派对动物。她的表兄弟什么人都认识，而他们的堂兄弟还认识更多的人。不久莉莉也什么人都认识了。就和在修女们中的情况一样。她想要成为他们的一员，只是现在她想要出现在巴林达根和亚当斯镇的舞会上。当我们没收到她信的时候，我们就知道计划有效果了。”

“外婆，您就不怕她有麻烦吗？”德克兰问。

“德克兰，那时不一样。她的表兄弟会照顾她。她也不是那种你可以占便宜的女孩。”

“我相信她不是。”海伦倒茶时说。

“所以她回到了教会学校，和走读的女生一起偷走给同学的信，让宿舍里的其他女生也闹到很晚。她一定也在学习，因为她

---

① 圣斯蒂芬节：爱尔兰公共假期之一，在 12 月 26 日。

还是拿到了奖学金，但是她的脑子已经换过来了，我们带她回家过复活节之前，我们被叫去，修女们说她已经成为其他女生的坏榜样，她已经彻底变了。噢，我对艾曼纽院长说，我说，我们没看到有任何变化。一定是修道院出了问题，我说。啊，她看了我一眼，我瞪回她。她知道遇上对手了。我们就这样阻止了莉莉成为修女。”

“这对我们来说不是件好事吗？”海伦说。

“不管怎么说，在当时看来是的。”德克兰说。

六

早上海伦发现妈妈在德克兰的房间里，用手抱着他的头。

“您一定很早就回来了。”她说，但马上意识到这样听起来她好像在指责妈妈，“您看起来很累。”她试着缓和语调说。

“今天早上德克兰又不舒服了。”妈妈冷漠地说。

德克兰盯着她。他鼻子上的瘀青变得更暗，几近紫色，看上去好像变大了；他一动不动躺着，有种奇怪的满足感。他看上去并不痛苦。

“男孩们起来没？”她问。

“你外婆养着他们，”妈妈说，“她正得其所——她感觉自己重新开旅馆了。我们有熏肉薄片和香肠，你的蛋想怎么做？”

“如果我们有熏肉薄片，”德克兰嘶哑地说，“我们就能做熏肉薄片配鸡蛋，只是我们没有鸡蛋。”

“你五岁开始就这样说了，”海伦笑着说，“我从来不觉得好笑。”

“在他们吃完早餐之前去吃你的那份吧。”妈妈说。

海伦走进厨房时，拉里正在说话，外婆全神贯注听着。保罗注意到她来了，但另外两人没发现她来了。

“不，德弗罗太太，”拉里说，“不，敲掉一堵墙不花什么钱，拓宽门也不花什么钱。你可以花一千镑来做全套，但如果我是你，我还会装上除湿系统和橡木地板，至少也得是松木地板……”

“这家伙还在说吗？”海伦问。

“海伦，你的早餐在炉子里。”外婆说。

“外婆，我希望您不要听他的。”海伦说。

“但我要把厨房放在哪儿？”外婆问拉里。

“不，”拉里说，“厨房就留在原地，不过加装一个斜坡和扶手。”

“海伦，我们在说如果我摔倒了，”外婆说，“或我要坐轮椅了怎么办。而且，不管怎么样，我不久就没法在楼梯上跑上跑下了。”

“不，”拉里还在继续说，好像没人在说话一样，“在海伦和德克兰睡觉的房间和浴室间装一扇宽大的门，利用餐厅的空间扩展两个房间。我打赌你没用过餐厅。”

“你带卷尺了吗，拉里？”海伦坐下来时问。

拉里没理会她。“我检查过这些墙面，”他继续说道，“要花上半天打掉它们。会像个新房子一样的。你自己不试不知道。”

海伦买了杂货和报纸，给休打了电话，从村子里回来后，拉里正靠在餐桌上，对着标尺在大速写本上画着。卷尺就放在他身边。

“别对他说话，”保罗说，“他是个疯子。”

“但是床要放在哪儿？”正洗着餐具的外婆转身过来问，“我不希望靠在窗边。”

“是双人床还是单人床?”拉里问。

“这是个非常私人的问题。”海伦说。

“你觉得我应该装怎样的床?”外婆双手还泡在肥皂泡中，又转过身来问。

“噢，这取决于您。”拉里说。

云过日出，海伦搬了张凳子来到屋子前面，坐着读起《爱尔兰时报》。她想，她会等到妈妈离开德克兰的房间后，再试着单独见他。她想，如果卡舍尔或马努斯病成这样，她也会像她妈妈那样做，但她不确定他们是否希望她这样。

保罗走过来，背靠房子坐在她旁边的地上。

“你觉得德克兰还好吗?”她问。

“你什么意思?”

“我想我妈妈从黎明起就陪着他了。”

“不，她没有。她是在你起床之前才来的，”他说，“但她看起来就在保卫着那个房间，让他邪恶的朋友远离他。”

“还有他邪恶的姐姐。”海伦说。

“他邪恶的外婆。”保罗笑着说道。

“不，我不会说她邪恶。‘坏’是我会用的词。”

“今天早上你状态不错。”保罗说。

“好多年以前，”海伦说，“我们还是孩子，我父母在别的地方，我外公也出去了，外婆的手被窗户砸到了，她举不起窗框。我不知道那时我多少岁，就六七岁吧。她竟说我在这时翻看了屋子里的每个抽屉，说我放肆地翻看，而德克兰正坐在她旁边，哭着去安慰她。她也爱说这个故事。当然，我根本不记得这样做过。我肯定不会利用这样的情况。但她现在恰好在做这件事情，在做她在我六七岁时对我的指责：她正和你的朋友拉里一起四处翻看抽屉。”

“别这样，让她歇一会儿，”保罗说，“她一个人住着。她不会经常碰见活的建筑师。而且拉里一进别人的房间，一定会建议别人把浴室建在毫不合适的地方。”

“你们在说我什么？”拉里走出来，站到阳光底下。

“我在告诉海伦你的中间名是弗兰克·罗伊德·赖特。”保罗说。

“你外婆说让我们都去游泳，”拉里说，“她给了我这个。”他举起两套黑色尼龙泳衣。

“上帝，我哪一套都不会穿。”保罗说。

“我带了我自己的。”海伦说。

“她在哪拿的？”保罗问。

“泳客留下的，她说。”

“她把外面来的人叫‘泳客’。”海伦说。

“上帝，尺寸太小了，”拉里举高泳衣，说道，“一定是四十年代那些凶猛的小爱尔兰人用的。”

“是六十年代的，”保罗说，“那时人们根本不介意小孩被挤扁。”

“你觉得我们应不应该问德克兰要不要一起？”拉里问。

“你进去看看。”海伦说。

他们沉默着等他回来。

“他在睡觉，”拉里说，“我没问。我说我会给你妈妈拿杯茶。”

“我们会等你的，”海伦说，“带上毛巾。”

海伦从德克兰的后备厢里找到包拿出她的泳衣，三个人走向悬崖。她想，如果这两个男人不是同性恋，她一定会找借口不和他们去海滩的。那样太让人紧张，有太多不确定性。休不在旁边，不能紧跟着他，她不知道要如何表现。到了海滩，保罗脱掉衬衣，她看见他修长的背上苍白光滑的皮肤，她才意识到这一切对她而言是何等奇异和新鲜。她想，就算他看到她脱衣服，他也不会多想什么。他可能会好奇，但不会有她看见他穿黑色尼龙泳衣站着时的反应。

“最后下来的是胆小鬼。”拉里喊着，无畏地进入水中，却突然停住，跳到空中，好像被电流击中一样，“好冷，耶稣啊，好冷！”他嘶吼着。

保罗随性走进水中，也停下来，双手抱住躯干，好像在抵御寒冷。海伦知道，她要抵挡住她经过时溅他水花的冲动。他过于严肃冷漠，不好嘲弄。她想对着他的耳朵说“胆小鬼”，但又想他会觉得冒犯。

“来吧，保罗，”她说，“你是个大男孩了。”

“别对我说话，”他颤抖着说，“你从没告诉我会这么冷。”

这时，拉里向大海游去。水足够深了，海伦尽可能集中力量与决心，也潜入水中。她浮出水面时，知道保罗正看着她，只冷淡地甩掉头发上的水。

之后，他们擦干身子，在阳光下躺在毛巾上。

“你外婆说，”拉里开始说，“如果她摔断了腿或者病了，他们就会抓住她留住她，她会一直回不了家。她进过医院，对面床的老女人以为每个人都是神父，护士都不例外，总是神父某某神父某某地称呼，你外婆说她受不了。他们当她疯了。”

“她是疯了。”海伦说。

“上帝啊，这种事想起来感觉还是很糟糕的。”拉里说。

“闭嘴，拉里。”保罗说。

“不，我是认真的。”拉里说。

“我才不关心外婆，”海伦说，“我的意思是，我关心她，但不是现在。现在，我只想将德克兰带出房间。”

“我想或许他想要像那样和你妈妈待在一起。”保罗说。

“你确定？”海伦说。

“我想他很害怕你们妈妈不肯见他，或是之类的事情，”保罗说，“我想他非常想要她知道他的情况，帮助他，但是他之前没法对她说，现在他告诉她了，他让她待在身旁了，她也在努力帮他。”

“浅尝辄止效果会更好。”海伦讽刺地说。

“或许这正是他想要的东西，”保罗说，“他经常说起。”

“想想像那样被锁在房间里和你妈妈待在一起，”拉里说，“我情愿被真主党带去做人质。”

“闭嘴，拉里，你告诉我们你的妈妈很好的。”保罗说。

“我想如果我病了，情况会不一样的。”拉里说。

“别再让拉里闭嘴了。”海伦说。

保罗站起来，走向水边，大胆地涉入水中。

“或许他在那能冷静下。”拉里说。

“他怎么了？”海伦问。

“他有自己的问题。”拉里说。

“他病了吗？”她迟疑地问。

“不，不是。是男朋友的问题。你能想象当他男朋友是什么样子吗？”

“我相信他人很好。”

“哈，我们的保罗非常有趣。他在读处理感情关系的书。”

“我想这算是底线了吧？”

“呃，我想对我来说，很严重了。”他说。

“是，对我来说也是。”海伦感叹。

之后拉里回屋子里去了，海伦和保罗沿着海滩向巴利科尼加和巴利瓦罗方向走去。薄雾朦胧，但日光强烈而温暖。

“你一个人住吗？”她问他。

他尖锐地看着她。他们俩都知道这是个被排练过的问题。

“不，我和我男朋友住在布鲁塞尔。”他说。他好像感到无聊了。

“对不起，我不该多管闲事。”她说。

“没事，没关系。”他说。

他们沉默地走到基廷家的屋子，她开始解释侵蚀的情况。他看起来很感兴趣，问谁住在屋子里，那部分要多久才掉下悬崖。

他们跨过巴利科尼加的溪流，继续前行。她不假思索问了另一个问题："你男朋友是爱尔兰人吗？"

"不，他是法国人，但我在爱尔兰遇见他。"

"你是怎么遇见他的？"

她也不知道自己为什么如此好奇，她答应自己，如果他搪塞这个问题，她就不再问下去了。

"我们十五岁的时候参加了同一个交换计划。"

"那你……"她犹豫了，他看着她，似乎不明白她在说什么，"那你……"

"我想我懂你的意思了，"他说，"不不，四年以后才发生。"

"但你知道吗？"

"我知道我是，但我不知道他是，他也一样。"

"那发生了什么？"

他们靠着一个小沙丘坐着。他双手抱膝，看着大海。"有很多法国学生来到镇上，"他说，"他们都参加了网球俱乐部，我们白天黑夜都在一块。俱乐部举办舞会和锦标赛，有各种各样的活动。我们对待彼此的方式——我指爱尔兰男孩们——我们对待彼此的方式让法国人很迷惑，但我很久之后才意识到。我们惊讶于他们彼此握手亲吻，他们也很惊讶我们怎么老是在诋毁彼此。现在想起来，我想这就是我们交流的方式。如果有谁剪了头发，或者被发现和女生牵手，或者有别的什么缺点，甚至可能是随便什么事情，他们都会嘲笑你，诋毁你，闹上好几天。”

“这就是你和德克兰对拉里做的事情。”她说。

“他活该。”保罗说。

“对不起，我打断你了。”

“你得先了解我爸爸，”他继续说，“他是个工程师，对数学问题非常感兴趣，对逻辑学也很着迷。我的兄弟也都是工程师，自打我们会说话开始，他就让我们解题。我们年龄更大之后，每当我们要做决定，比方说决定如何使用坚信礼上得来的钱，决定看电视还是学习，他就会让你写出问题，列出正反两方面，然后再决定。我们有很多张这样的纸，他也喜欢你向他展示事情是怎么解决的。在弗朗索瓦来和我住的那个冬天之前，我在一张纸上写：‘我是同性恋。我对班上的男孩有感觉，就像他们对女孩有感觉一样。’然后我把这张纸收起来了。我在《爱尔兰时报》上读到一篇报道，丈夫是同性恋，但直到他们有了两个孩子后他才说出来。文章说，他们努力继续生活，但她知道他并不真的喜欢她。

“我曾经拿出这张纸，写下种种选项：我可以不管它。我可以努力去忘记这件事。我写下一些我绝不会告诉你的荒唐选项。有一晚我写下一个选项，说我应该找一个和我相同年龄的同性恋。我记得我画了两条下划线，因为它没有其他的选项那么极端。

“很快这么一个人就出现了，或者说我以为他出现了。我意识到的那会儿，我常打橄榄球，我们的俱乐部很小，我们没有洗澡房或者类似的设施。打完比赛后只是将衣服穿回去，然后回家洗澡换衣服。我第一次打客场比赛时，终于去了一次公共浴室，我们都注意到我们队里的一个家伙——他现在是个大律师了——在洗澡时勃起了。我愚蠢地觉得他也是同性恋。他长得很好看，所以我看着他，有一晚我挣扎一番后和他一起走路回家，不知道我对他说了什么，但不管怎样他明白了我的意思。他说他感兴趣，但不是今晚，然后我们就这样放过了这件事，我开心地回家了。我已经碰到了一个人。不再需要求助于那张纸片了。

“问题是我再也没能和他好好相处，即使是白天。我什么办法都想尽了：等他到放学回家，课间去找他。我甚至去过他家一次，每一次我想提起这个话题，他都会做些别的事情，比如说离开房间，或者换电视台。真是绝望。但我还不知道他已经告诉所有人。直到弗朗索瓦来和我住、我们一起用一个房间之后才知道这件事。那时弗朗索瓦的英语不是很好。有一晚，我们全都在网球俱乐部里，光线太暗没法打球，但开舞会也太早了。我们就四处坐下，又像平常那样开始嘲笑戏谑了。有人说弗朗索瓦想换到别人家去，所有人都笑了，包括那些女生。有人嘲讽地问，是因为食物吗？不，别的人回答。是因为保罗的老妈？不，又有人回答。听起来他们好像已经计划过了。那是因为什么，有的人喊起来。是因为保罗是个基佬，有一个人说，他们全都笑起来，最后有一个人对弗朗索瓦说——他还不知道发生了什么——‘是这样吧，弗朗索瓦？’弗朗索瓦很礼貌地带着法国口音回答‘是’，他们大笑起来。

“那晚我父亲的逻辑系统毫无作用。我回家去了，弗朗索瓦进来的时候，我已经躺在床上。‘那些男孩不是你的朋友。’他说。他解释说他不明白他们的问题是什么，但我也已经知道这点，于是我把事情告诉了他。他关上灯，回到他的床上。我哭了起来，他走过来，坐在我的床上安慰我，然后他在我身边躺下，他说他是我的朋友，我们不要再去那家俱乐部了。他靠着我躺着时，我慢慢地感觉到他勃起了。他将手伸进我的睡衣上衣里，碰到我的肩膀。我受够这些勃起的男生了，所以他亲吻我的时候，我就躺在那里僵着。什么都没发生，他没做别的事情。过了一会儿他回到自己的床上。”

“后来发生了什么？”海伦问。

“我们变得非常亲密，特别是我在他法国家里的那一个月。他的父母很年轻，他是独子，他们把我们当大人一样对待。他们花很多时间和我们待一块儿，也很有礼貌。弗朗索瓦觉得我爸爸不喜欢他，因为他总是对他开玩笑。但弗朗索瓦的爸爸总是有话直说，通常都说得很温和直率。我喜欢他们的直率。弗朗索瓦也是那样，他忠诚严肃有礼貌。有时他也会很欢乐，但他不是个讨厌鬼。我喜欢他的直接，喜欢他关心自己所说所做的样子。我知道他也喜欢我，这很棒。他爸妈在诺曼底海边租了一间屋子，我们游泳、打网球。我们从来没碰过对方，但在法国我们做了些在爱尔兰没做的事情。我们在彼此面前脱掉衣服，不需要脱的也脱掉了。”

“像是真爱的感觉。”海伦说。

“那是一种纯粹的快乐，没错。”保罗说。他望向大海，然后闭上眼睛。

海伦想要问他接下来发生了什么，但又想一个提法欠妥的问题会让他停住，而她很想让他继续说。他不说话时，她决定不去提示他。他继续讲：

“弗朗索瓦回到爱尔兰时，我刚在圣三一大学上三年级。他变了很多，更高，更结实了。他的脸瘦了。他的姿态不同了，也变得更有趣。我们这些年有联系，但时间久了也就少了。我在敦劳费尔①租了个房间，但是他九月份住在圣三一大学的房间里，我们在城市里相遇的那晚，错过了最后一班车。我接受了他的建议，去睡他房间里的另一张床。就像从前的日子一样，除了我们都将近二十。我知道我是同性恋，但我什么都不做，除了死命地手淫——原谅我的用语。他和一个男人在一起过，但只有一个。总之，那晚在圣三一，我们都喝得半醉，变着花样脱掉衣服，在房间里四处走动。总要有人迈出第一步，但那不会是我。我们上床之后，一片寂静，然后他用法语问我，能不能到我的床上来。我还记得他的措辞，后来我们经常拿来说笑。那时我太紧张了。这一切意味太多了，我很渴望他，这一切是那么真实。我说现在不，但第二天可以。我确定他明白我的意思是可以，我不是在拒绝他。他在黑暗中将手伸过来，我们就在两张床中间牵起了手。第二天晚上我们第一次同床共枕。”

“你们后来就在一起了吗？”

“接下来两年，我们尽可能见面，我毕业以后去巴黎待了一年，我们一起回到这儿待了一年。过去八九年我们都在一起，只

① 敦劳费尔：爱尔兰一港口城市。

是最近两年情况很艰难。”

他们站起来，拍走身上的沙，朝卡什走去。

“怎么变得难了？”

“我们在一起的时候，”保罗继续说，“弗朗索瓦的父母太难以置信了。他们给我们买了张大双人床放在弗朗索瓦的房间里。我觉得他从不感到身为同性恋和父母相处会有问题。我们经常拜访他们。我们通常周六晚和他们一起住，或者周日去看他们。他们是我们最好的朋友。大概在两年前，他们死于一场车祸，当场就去世了，才四十多岁。他们从旁路开出去，后面的车撞到他们，将他们撞向一辆卡车。我们的世界崩塌了。他们两个都是独生子，没有近亲，没有表亲或姑母之类。弗朗索瓦孤身一人，他只有我。但过了一段时间，我对他都毫无帮助了，因为他没法克服我会抛弃他的想法。

“我说我不会的。我努力向他保证，不久之后他就会好的。他休了假，我想他回来之后就会好的，但他没有，他还是走不出来——他是公务员——所以他又额外休假。他相信我就要抛弃他了，过了一阵，什么保证都没用了。我工作时电话会响起来。接了之后对方会挂断，但我知道是他在检查我。他崩溃了，去找了医生和咨询师，但都没有用。

“之后我去巴黎开会。我提前告诉他我要去，这是我没法推掉的工作。这是个持续三天的渔业会议。最后一天我在翻译的包厢里，突然看见弗朗索瓦走进大厅。他看起来失落而古怪，就像一个失心疯的人。我就很生气。我跑下去拽住他，带他上去，让他待在那儿。我很厌烦他，觉得自己受不了了。回到宾馆后，我吼了他好几次，我想我从没有这样对待别人，我告诉他，他要自己振作起来。我记得我们什么都不说就睡觉了。我们坐火车回布鲁塞尔，一句话没说，我知道我们完了。

“我想我们应该分开一段时间，好几天满脑子都是这个想法，但这是个愚蠢的计划。我在让他沮丧，没有在帮他，我知道如果现在分开，就再也没法复合了。我记得情况已经糟到极点时的一个晚上，我问他是否爱我，他说是的。我说我也爱他，我也知道他很害怕一个人，我说我可以做一切事情来证明我会陪他一起。我告诉他我会证明我是认真的。我真是认真的。”保罗停住了，用手擦了擦眼睛。他站起来，看着海伦。

“你做了什么？”她问。

他们在卡什悬崖下面的硬砂岩上坐下，看着海浪轻柔翻动，还有地平线上的薄雾，柔和的天色。

“我做了两件事情，我带他回家，重新把他介绍给我的家人，包括我的兄弟，告诉他们这是我的伴侣，我的爱人。之前只有我的姐姐知道我是同性恋，那时真是很困难，让人情绪激动。事情到后面倒是还好，但主要是我父亲的功劳，很奇怪。这是我做的第一件事。”

“第二件是什么？”海伦问。

“这事你可能会觉得无聊。我比拉里还糟糕。”

“不会，快告诉我。”她说。

“我们回到布鲁塞尔，每次弗朗索瓦说我要离开他，我就会重复说：‘我会不惜一切向你证明那不是真的。’他还是没回去工作，他还抑郁着。我从欧盟委员会回到家里时，他已经在床上躺了一天，他在吃各种各样的药，但我还是不断对自己说：我要帮助他。我们将他父母的一张照片放大装框，挑了一块墓碑。我们仔细检查他们的所有东西。我像念咒语一样不停对他说：‘我会不惜一切向你证明那不是真的。我不会离开你。’

“我们两个都参加了布鲁塞尔一个基督徒同性恋男人群体，每周三碰面。德克兰曾经嘲笑这个想法，我告诉他一些情况之后他笑得更厉害了。他把我们的组织叫‘为基督钓男人’。他不相信我们会去那儿。不管怎么样，我们去了，交到了不少好朋友，我问他们当中的一些人——我必须偷偷地问，因为有些人是团体里的激进分子，对教会非常愤怒——我问他们布鲁塞尔有没有能为我们祷告的神父，别的地方的也行。有一个人自己就曾经是神父，他告诉我他认识那么一个人，他会打电话给他，搞清楚之后会回来告诉我们。他回来说他认识的神父很担心被宣传手段利用，所以我应该去拜访他，告诉他这与政治或宣传无关。

“备选的神父是个脾气暴躁的矮小老男人，胡子没刮好，头皮屑到处都是，还有浓密的眉毛。他住在一所寒酸的大房子里，我以前没去过布鲁塞尔的这个区域。他很有敌意，但我知道我不能白来。他问我最后一次做忏悔是什么时候之类的问题。我说好几年没做了。那么圣餐呢？我说也有很久没领了。他对我大吼大叫，说我只是在利用教会。我没打算和他争论。他说他会打电话给我，让我赶快离开。

“几天以后，他给我打了电话，说他想来我们的公寓。他来了就坐着看我们俩。他从不微笑，也绝不友好。他用一种很鲁莽的语调问我们问题。然后他站起来，说他有三个条件——第一，在仪式之前我们要好好忏悔；第二，每周日我们要去做弥撒和领圣餐，持续一年；第三，我们不能告诉别人。我们告诉他，第三点是不可能的，我们要告诉两个人，但我们会保证他们不会告诉别人——然后，过后几天，我们告诉了德克兰和我的姐姐。他含糊地说了些东西然后离开了，过了几天他打电话告诉我们日期和时间。

“他又过来看了我们一次，说有很重要的事情要告诉我们。他小心地说：他打算让我们结婚，而不只是进行一次祷告。他说：‘我打算进行结婚圣礼，如果你们想要。’我们说想要，但没想过能实现。‘可以做，’他说，‘但这是严肃的一步，如果有任何疑虑，你们必须让我知道。’我们向他保证。有一天，他打电话来，问我们想不想度蜜月，我们说我们考虑过。‘在仪式之后留几小时空闲的时间。’他说。我们订好了结婚当天去巴塞罗那的机票，那是个周六，还订了一周的豪华酒店。我们买了正装，剪了头发。我们没有摄影师、风琴手，也没有婚礼的客人。那个早上我们打包好东西，坐上出租车来到神父的屋子里。在门边等待时，弗朗索瓦忍不住傻笑。这是他父母去世之后他第一次这样傻笑，我的视线没法离开他。

“神父分别听了我们的忏悔，将我们带到一起，再次问我们是否确定。我们确定。他将我们带到侧门旁的小礼拜堂，随后把门锁上。这个礼拜堂是用金子打造的，他将所有的灯打开时，礼拜堂金光闪闪。他换上法衣做弥撒，给我们圣餐，然后让我们结婚了。他用了‘配偶’这个词，而不是丈夫和妻子。他之前就准备好了。他非常严肃。我们感觉到圣灵的光照在我们身上，尽管德克兰说这是他听过的最荒谬的事情，我想你也是这样想吧。”

“我完全没这样想。”海伦说。

“我们想，我们被挑选出来接受了一次非常特别的恩赐。我们三个人都跪下来，祈祷了很久。”

“为什么神父要这样做？他有什么经历吗？”

“我们从来没问，也没找出原因。他有个管家，比他还邋遢，也很不友好，但这并不影响仪式后的我们，因为我们很开心。神父问我们要不要和他一起吃饭，这简直就是《巴贝特之宴》里的场景。你看过这部电影吗？”

“没有。”她说。

“这部电影里，最豪华的那顿盛宴恰好是为了最不可能吃到的人准备的。管家端出一盘盘鹅肝酱、龙虾、明虾、酿馅菜，又拿来蛋白酥和美味的奶酪，还有一瓶神父拿掉了标签的红酒——我们知道它价格不菲，还有香槟。我们的神父基本没动，他双手放在小肚子上坐着，就像基督教兄弟会的老人一样，几近微笑。我们大吃特吃。他喜欢每次新的食物端上来时我们嘀咕的样子，尽管做饭的管家根本不看我们一眼。最后他抬了抬眼镜，说了句很棒的话。他说：‘欢迎来到天主教教堂。’我们向他和管家祝酒，但他说要感谢的人不是他们，而是耶稣基督。我们觉得我们不能向耶稣基督祝酒，觉得自己已经足够幸运，所以我们只是点点头，然后直奔机场。那天晚上，我们睡在宾馆的床上，我说：‘这是我们第一晚作为夫妇度过。’弗朗索瓦问谁是夫谁是妇。‘关上灯，’我说，‘我会告诉你的。’我们大笑起来，笑到抽搐，这是我们新生活的开始。虽然弗朗索瓦还是会有情绪不好的时候，但那是个转折点，我们现在非常亲密了。他讨厌我这样走开，但他喜爱德克兰，也理解我。”

他们爬上迈克·雷德蒙家那边的悬崖，坐在边上，他们下面的大海宽广平静蔚蓝。

“那段时间你经常见德克兰吗？”海伦问。

“这两年他都没来过布鲁塞尔，因为他知道我们有问题，他自己也不舒服，但以前他是常客。他会过来过长周末，让我们和他一起逛酒吧逛俱乐部，他经常到某个时刻就丢下我们，在凌晨才像一只快要溺死的狗回家。我对于他最好的回忆是在早上，他会在我们的床尾爬着。他就像个小男孩，他会说话，打瞌睡，玩弄我们的脚。弗朗索瓦总是开玩笑说要领养他，甚至开玩笑地给他买了儿童睡衣，叠好了放在他床上。弗朗索瓦喜欢他来。通常周六下午时，德克兰周五晚上认识的人——如果他来得早，那就会是周四晚认识的人——就会打电话来想和他说话，但德克兰都不感兴趣。他见过我们天主教同性恋组织里的所有朋友，有不少人真的迷他——所有人都迷他——他或许会和他们蹦跶两个周末，然后他再次回来时，我们会通过他的言语和行动知道他没有回复某某的电话，我们学会不跟任何人说他要来。然后全套流程又会再来一遍，对此他会自嘲。弗朗索瓦曾经说，如果他上学了碰到其他的小孩，就会好起来的，德克兰喜欢被照顾，被照看，被我们保护着远离他的旧情人们。他很好奇我们怎么会从来没和别人乱搞。他总是会列出一长串演员的名字，问我们想不想和他睡觉。他会说：'《原野铁汉》里的保罗·纽曼？'我们摇头。'《欲望号街车》里的马龙·白兰度？'我们还是摇摇头。'《猜猜谁来吃晚餐》里的西德尼·波蒂埃？'我们还是摇头。然后他就会变得厌烦——他很容易就厌烦——然后列出别的名字，诸如埃尔伯特·雷诺兹或勒庞或赫尔穆特·科尔①。"

保罗和海伦回到屋子时，他们看见拉里的车开走了，海伦妈妈的车也不在。他们打开厨房的门，两只猫爬回它们的老据点。没人在屋子里。

"你觉得德克兰发病了吗？"她问，"他们是不是送他去医院了？"

"我马上告诉你。"他说。

他走到德克兰的卧室，翻查床边的柜子。

"不，所有的药都在这里。他出去不会不带上它们。"

"或许他们只是去买东西了。"海伦说。

她在煤气炉上热了外婆留在炖锅里的汤，做了吐司沏了茶。她在桌上放了两个碗，回到煤气炉旁。

"你了解那个布鲁塞尔的神父吗？"她转向坐在桌旁的保罗。

① 埃尔伯特·雷诺兹、勒庞、赫尔穆特·科尔都是欧洲政治人物。

“嗯？”

“教皇知道他吗？”

他眯缝起眼睛，指着她：“这正是德克兰说过的话，他也用了这种黄油含在嘴里都不会化的语调。”

“我只是好奇。”她说。

“我再不想让你们家人开口讲话了。我现在很后悔告诉了你整个故事。太令人震惊了，你这样的人竟然还被允许抚养孩子。”他悲伤地笑了。

“哦不，保罗，对不起。我真的很抱歉。”

“这就是我离开这个国家的原因，因为这样的评论。法国人，甚至比利时人，都不会这样说话。”

“你真是个敏感的男孩。”她说。

“你又开始了。”

“但一直以来你有没有想过如果教皇知道了会怎样？”

“我没听到。”他用手指堵住耳朵。

不久，他们拿了张帆布躺椅到屋前阳光充足的地方。阳光温和，天空飘着云朵，地面有一股先前几天没出现的炎热。

“这是个漂亮的地方。”他说。

“我觉得是的，”她说，“对于外人来说或许是的。我却只有糟糕的回忆。”

“你和你妈妈以及外婆有相处好的时候吗？”

“在我小时候还好，我别无选择。”

“你们是什么时候发生争执的？”

“好多年前。”

“因为什么？”

“有时我不确定我知道。”

“争吵是什么时候开始的？”

“这里不太像旅馆，”海伦说，“我外祖父母以前住的地方已经陷落了，那里有两个房间。如你所知，这里的楼上有三个半卧室，楼下有两个。一个家庭占用一个房间。这地方就像疯人院一样，他们早上、中午、晚上都要吃饭。中学毕业前一年的那个暑假我在这儿工作了一个月。我外婆会给我工资，妈妈和德克兰会在周日过来，一切都很好。所以我同意在上大学之前的夏天再来工作。但是那时我的外公去世了，我的外婆也变了。我一到，她自己就什么都不干，只会指使我干这干那，也不让我离开她的视线。有一天晚上我去了黑水村，没有为第二天早餐摆好餐具，她就等着我，然后不停地说我是怎样对待她的。我知道外公不久前去世了，但她也不需要这样。我盼着夏天结束，夏天结束时我筋疲力尽。

“在都柏林大学的第一秒我就爱上那里了。第一个学期我遇到了休，我们开始约会，感觉很棒，虽然也有些问题，因为恩尼斯科西来的天主教姑娘，不经过一番苦劝，是不会跟多尼戈尔的男人睡觉的。第一年暑假，休和来自多尼戈尔的一大群人去美国，他们在那里有可靠的工作。他让我和他一起去，我说好。那时我在吃避孕药，我相信你会很高兴听到这点。复活节假期时，我告诉妈妈去美国的事情，她马上变得歇斯底里，问我外婆该怎么办。

‘她还有好几个月去找别人。’我说。‘她能找谁呢？’她问。‘她总能找到受得了她的蠢货。’我说。你可以想象接下来的尖叫和吵闹，还有防止我理解得不清楚跟着我回到都柏林的信。她没有威胁要断我粮之类的，但一直在写爸爸和外公还有她们两个——我妈妈和我外婆——的事情，她们俩被抛下了，身边正需要支持，结果得到的却是侮辱，对她们最爱的人失望。太可怕了。我屈服了。我告诉休我去不了，我回到这里后那个老巫婆又不肯跟我说话。这个地方还有客人来往。我要是问她简单的问题，她就会忽略我。第一个月她只买了火腿，在闷热的七月，在中午将它们和土豆、卷心菜一起煮，到了六点菜凉了，再加上半个番茄和一些生菜叶。客人们——有些甚至是最穷酸的人——常在我端着食物出现的时候抱怨。

“外婆和我开始在餐桌上列清单，用这种方式告诉彼此鸡蛋吃完或厕纸用完了。大概还有一周我的工作就要结束的一天，她在我的枕头上放了一根巧克力棒。这是冷战即将结束的预兆。我要回去的时候她又对我说了一些好听的话。最糟糕的部分在于，我第二年又回去了。

“我在暑假末回到都柏林大学，几天之后我走下餐厅的楼梯，看见休和一群人坐着。他瞥向别的地方，假装没有见到我。尽管我整个暑假只从他那里收到一张明信片，我想他起码还会向我挥挥手，晃荡出来和我碰面，然后一起喝个咖啡。他那群人都去了美国，他们现在有钱，有自信，你会在校园里注意到他们。相反，我这只小老鼠，害怕外婆，没有新衣服，回到由修女管理的洛雷托宿舍，失去了男朋友，并且在接下来的三四年都没和他碰面，尽管我还是会在去图书馆的路上审慎地向他点头。他总是在前往某处的路上。我开始专注于学习。”

“你刚才说，”保罗问，“你第二年回到了这里？”

“我知道那是最后一次，因为那年回去之后我要准备秋天的学年考试，但情况也没有好转。当然，那年她跟我说话了，如果她惹怒了我，我会用和老师交谈的那种清晰理性的方式和她说话，她发现她不可能应付得过来。”

“是的，那样一定很可怕。”保罗说。他们都笑起来。

“我错过了我的机会。我很想在美国度过那两个夏天，而我在这里什么都没学到，只得到恶心的怨恨，我恨她们两个，恨我外婆和我妈妈。这意味着下一次应对她们时我已做好了准备。”

“又发生了什么？”

“我在辛格街学校①做实习教师，神父给我提供了工作，我接受了。我还完成了非母语英语教学的课程，找到夏天给西班牙学生上课的工作。我提前告诉我妈妈和外婆——我没说全职工作的事情，只说了暑期教学。这意味着，我人在都柏林，我有钱，我在早上工作，我有一个我喜欢的肮脏房间，在博加特大街一栋房子的顶层，还能看到鸽屋②的景色。我清楚记得那个夏天，记得那种自由。那块地方已经变很多了，不过傍晚你还是可以找时间

① 辛格街学校：都柏林一所天主教兄弟会学校，建于 1864 年。

② 鸽屋：位于都柏林，曾经是军营和军官住宅。

到彭布罗克、多亨尼 & 纳斯比特或滕尼[①]去，不会有人打扰你。我知道我妈妈和外婆以为我会回家教书，但我不会的，我也没告诉她们我不会回去。

“那年年初，我妈妈就告诉我，她会问韦克斯福德和周围其他地方包括恩尼斯科西的学校有没有空位。我记得我小心地什么都没说。我那时不想和她争辩。我一直没告诉她们辛格街的工作。七月份我收到她的信，说有个好消息，事情都安排好了，特雷莎院长很高兴让我从九月份开始工作。我需要进行一个正规的面试，但那不会是问题。”

“可以这样分配工作吗?”保罗问。

“如果你运营一家宗教学校，那你可以为所欲为。我回信告诉她我有工作了，并感谢她。第二天我下班回家的时候，她们两个来到了都柏林，就在博加特大街上我的屋子门外，面色苍白地在车里等着。我当时沿着博加特大街，在美好的夏日里闲逛，却只看到这两个疯女人坐在车里，占着宝贵的停车位。她们不肯进屋，将我拉到了谢尔本酒店，在路上我注意到她们都穿上了适合这一幕的衣服。她们让我坐下，用她们的话来说，她们试图让我清醒。做了两个夏天的苦力，我对她们早有预备。她们一直在说特雷莎院长这个，特雷莎院长那个。‘我有工作了，’我说，‘我不需要工作了。’‘你在都柏林待得够久了，’外婆说，‘你有资格证书，应该回家像你爸你妈那样。上帝都知道你妈想要搁起腿来休息一会

① 均为都柏林的酒馆、宾馆。

儿了。’我意识到，她们的计划是让我给我妈做苦工，就像我为外婆做的那样，甚至还要在两边往返。她们带上了稿纸和信封，希望我给辛格街写信说我不会接受他们的工作，再对特雷莎院长说我会在她方便的时候去面试。

“我告诉她们我什么都不会写。她们对茶叶发了牢骚，简直就像穆克小姐[①]一样，然后又点了更多的三明治。‘在自己人身旁你会过得好很多。’外婆说。‘所有人都别再指使我了。’我说。‘没人在指使你，’妈妈说，‘我们都很忙，还一路跑上来想要试着让你清醒点。’你应该听听她们说的话，当然啦，她们想要的，就是被人开车载着到处走，让别人拿好信做好晚餐。那时德克兰在哪儿？他在药学院里待了一年，正过着第一个暑假，那他在干什么？他给他外婆那所谓的旅馆洗过地板吗？没有，他在伦敦的莱斯特广场上的电影院做售票员，他会告诉你，他在那里度过了生命中最愉快的时光。”

“我知道这些。”保罗说。

“她们两个说不希望我丢掉这么好的机会。我又听了一会儿，拿起手提包和羊毛衫走向女厕所，然后走出宾馆走到大街上。我买了一份英语报纸，走到南国王大街上的信诺特宾馆去，坐在酒吧间喝俱乐部橙汁[②]，读着报纸。我想她们在某个时间会回家的。这就是事情的结局。”

---

① 穆克小姐：自命不凡的女人。

② 俱乐部橙汁：爱尔兰第一款橙汁饮料。

“你后来在什么时候再见到她们的？”保罗问。

“那以后我没有在真正的意义上见她们了。”

“但你一定会见到的啊。”

“那年圣诞节我见到了她们，因为德克兰朝我的公寓打电话，乞求我和他一起过去，我答应了。她们接待得很冷淡。她们试图阻止德克兰帮我洗另一半的碗时，我简直要啐唾沫了。第二年圣诞节我又去了。我习惯了不去看她们，我发现不看她们会让我更快乐，而我开始关注我自己的快乐。

“我没告诉她们我结婚了，男孩们出生的时候我也没告诉她们。休的家人热衷于婚礼，他们不相信我们竟不办盛大的婚礼，但我们只是在都柏林的登记处静悄悄地结婚了，然后在多尼戈尔举办了一场盛大的派对。”

“你为什么不希望她们出现在你的婚礼上？”保罗问。

“我会憎恨她们看着我的脸。就是这样。我告诉了德克兰，他告诉了她们。怀孕时我也告诉了德克兰，我想他应该也告诉她们了。但我妈妈从来没见过休和男孩们。”

“你结婚多久了？”

“七年了。”

“我知道这是很长的一段时间了。不去见你亲密的人，这是很长的一段时间了。但是去年夏天不是发生了什么吗？”保罗问。

“去年夏天德克兰组织了一次和解聚会，”海伦说，“我和休还有男孩们来这里过了一晚，我妈要从韦克斯福德镇开车过来，但她一直没出现。外婆不停为她道歉。我想他们都向她抱怨了，她给我打了电话，我们找了个周六在镇上的布朗·托马斯商场碰面，我本来不想说的，她给我买了商店里最贵的大衣。然后她还给男孩们买了礼物，他们给她写了感谢信。本来我们计划大家都在今年夏天迟些时候到这里来，重复去年夏天的事情，只不过这一次她会出现。”

“你的意思是，就因为在谢尔本酒店的争吵，你们这样过了十年？”保罗问。

“是的。”海伦生硬地回答。

“你有没有想过，她们可能因为爱你而希望你回家？”

“不，没有过。这不是她们想让我回家的原因。”

“你有没有想过，你妈妈可能是担心你和她不认识的人一起去美国？”

“你到底站在哪边？”

“我不懂你不希望她们出现在你婚礼上的原因，还有你那么久不去看她们的原因。你告诉我的理由不够充分。”

“我对她们生气的理由就是我告诉你的事情。”

他们听见一辆车开上小路。海伦看了看她的表，发现已经快五点了。拉里和她外婆开进屋子前的庭院，微笑着挥手，但保罗还在说话。

“她们只是想要给你找份工作，”他说，“如果你说你一年不想见她们，或者两年，我还可以理解。但是整整十年，你也不让你的孩子见你的妈妈和你的外婆！哇，你们三个肯定有些什么别的事情……”

拉里站在他们面前，保罗便停下来了。老太太从车上拿下一个包。

“我不知道他在说什么，”拉里说，“但他脸上的表情很滑稽、很浮夸，好像什么都知道。我一开过来就看到了。海伦，如果我是你，我会尽可能远离他。我可以让他分心，然后你就跑开。曾经有人听他说话听疯掉。看着他自负的下巴！上帝啊！幸好我们过来了！”

“我离开爱尔兰的一个原因，”保罗说着站起来，“就是远离这种诽谤、嘲笑和廉价的愚蠢。”

他走到车边，帮助德弗罗太太把买好的东西拿进屋中。

“对不起，”拉里说，“我不知道为什么要说这样的话。我只是觉得要说。”

“你们去了哪儿？”海伦问。

“我们去了一趟韦克斯福德镇，看了不少浴室，最后像感情很好的夫妇一样在超市里逛。顺便问问，他在和你说什么？”

“他正在谈论理由。”

“是的，他有很多好理由。你妈妈去韦克斯福德镇了吗？”

“她和德克兰去了什么地方。我们以为你们可能结伴一起去了。”

“没，我们离开的时候他们还在这。”

海伦在厨房里喝了杯浓咖啡，其他人在四处走动。她注意到保罗在看着她，而她现在比前几天的任何一刻都更想逃离他的质询，顺便逃离这间屋子。他们之间发生的事情让她很不舒服，保罗诉说了他的生平真相，而她在推脱。有些事情她必须说出，她需要听见自己说出来。她给自己倒了另一杯咖啡，保罗离开房间时，她追上了他。她可以感到心脏在怦怦跳。她在楼梯口拦住了他。“我需要和你谈谈。”她说。她示意他跟上她。他们都进入了房间里，她关上房门。她坐在床上，他站在窗边不远处。

“你问我妈妈和外婆的事情，而我告诉了你一些，但有些难以理解的事情我没有说，或许我该试试。我感觉很难受，因为你对我那么诚实坦率。”

“我知道还有别的事情，”保罗说，“我希望我这样说没冒犯你。”

“不，你没冒犯我。”她喝下咖啡，开始谈论。

“七八年前我在都柏林西边的一所新的综合学校担任职业指导和家庭联络员。学校里有一个女学生自残了。她大概十五岁，会去割自己身体上别人看不见的部位。她的一个朋友跑来告诉我，我和她会面向她询问，她流了很多泪也拒绝了很多次后，最终承认了。虽然我没经验，但我必须处理她的事件。我和她父母交谈，但毫无用处。我去拜访的时候，屋子里有种奇怪的气氛。对我来说这很新奇，我是个乖巧的中产阶级女孩，但那里只有沉静和恐惧，混杂着贫穷和对我这样的人的蔑视。那个女孩是个谜团。我负责她的那个学期，老师们说她在班里很出色，她很镇定、聪明。

“她唯独不谈论她对自己做的事情。我给她找了个公共卫生系统的精神病学专家，因为我觉得如果她要好起来，还需要别的帮助。我想或许我们应该和她谈谈，让她意识到应该在做得太过之前停止下来，她会好起来的。我知道这听起来很蠢。那时我在学习，很听从那个精神病学专家的话。他是个五十多岁的男人，留着胡子，总是穿着袜子。他告诉我，我们需要时间去帮助那个女孩，我们在处理最根本的问题，这是不那么容易被解决的问题。

“那个学期，我带着那个女孩去看医生，我和她谈论治疗的情况，也和精神病专家交谈。这一切都让我反省为什么我感到没有必要和我妈妈以及外婆和好，我想到我是将身体被毁坏的部分放到一边，让它自行烂掉。父亲去世后，我的半个世界都毁掉了，但我没意识到。就好像我的半边脸都被炸掉了，我还在不停讲话、微笑，心想什么都没发生，或者想着它会长回来。父亲去世时，我妈和外婆不管我了。我知道她们有自己的问题，或许她们也帮不上忙，甚至或许伤害已经形成，但我从她们身上得不到安慰。这两个女人是我所埋葬掉的人生，对我来说她们就是这样，她们两个都是，这就是我仍希望她们远离我的原因。”

海伦的声音坚定低沉。她的手在颤抖。

“我妈妈叫我永远不要相信任何人的爱，因为她自己一直在不再给予爱的边缘徘徊。我将爱和失去联系在一起，我就是这样做的。我唯一能和休生活在一起、抚养孩子长大的办法就是和妈妈、外婆保持距离。

“我知道这是错的，我知道我不能永远这样下去，但我没有勇气面对她们，甚至没勇气看她们。现在我们都在这里了，你也看到她们了：她们在将我拉回去。我和她们之间发生的事情不只是我还是个学生时暑假发生的事情，或者是我在哪里找工作的事情。

“我告诉你这个是因为你问了我。但我不是在求你同情或帮助，因为是德克兰需要我们的同情和帮助。换了别人或许已经心软了，但我没有。我们必须容忍我妈和我外婆这些人，而且因为德克兰在，还必须对她们礼貌点。我们应该回厨房看看他回来没有。”

说完时，海伦面色苍白。保罗用手臂抱住她，一直到她重新平静下来。

“我被困在与她们和好和远离她们之间，”海伦说，“但我真正想要做的事情，如果你坚持要听的话……”她笑了。

“我坚持。”他悲伤地说。

“我想开车碾我妈，这就是我真的想做的事情。”她苦涩地说，打开了门。

大概八点德克兰和妈妈回来了。透过餐厅的窗，海伦看到她在帮他从车子里出来。她和保罗走到了前门。

“他想去洗澡。”妈妈说。

“出了什么问题?”保罗问。

“我们开车回家时才出的问题，他在车里发病了。”

“我会清理干净的。”保罗说。

“对不起，保罗。”德克兰说。他上楼去浴室。

“海伦，这真是伤心的一天，”妈妈说，“我们讨论着屋子和花园，我一直都计划着他周末能去看看，他会感兴趣的。他只去过一次。但他今天看了一天，他状态也很好。我带他去办公室了，翻新之后他还没去过。我必须去留下下一周的指示。”

德克兰朝楼下喊着要干净的内衣和衣服，然后妈妈去拿给他。海伦对妈妈刚才和她说话时那推心置腹和亲密的语调感到惊讶，几近震动。就像吃到了童年之后就没买过的东西，或者闻到二十年没碰到过的东西。它让人焦虑但也叫人安心。

厨房里外婆坐在窗边看着外面，两只猫坐在她的膝盖上。虽然拉里一直在房间里，但它们一看到海伦，还是马上就跳起来，坐到碗柜的顶部。

“有些人喜欢猫，而猫也会喜欢某些人，但两种人有时就是凑不到一起。”外婆说。

“你在韦克斯福德买了什么东西吗？”海伦问。

“我们买了很多新鲜的东西，新鲜面包，新鲜鸡蛋，新鲜的鱼，新鲜的肉。全都在超市买的。‘你会咒骂生活的，’我在回家的路上对拉里说，‘我们生活在海边的农场里。’”

保罗进来，站在门边：“德克兰说他想要去巴利科尼加走一会儿。他说他想发泄掉在车里受罪的情绪。他妈妈就要过来。”

拉里和海伦都说他们会一起去散步。

“告诉他们我会留在这里，”德弗罗太太说，“问他们要不要鲑鱼或羊排做晚饭。告诉他们东西有多新鲜。”

德克兰说觉得自己吃不下多少东西，但他会试试鲑鱼。海伦、妈妈和德克兰走进德克兰的车，拉里和保罗走进拉里的车，这时老太太走过来看着。他们在院子里转弯，她向他们挥手。

“海伦，”妈妈在后车厢说，“我希望你能跟她谈谈，让她自己照顾好自己。就算是装上一个合适的电话，这样的小东西都会带来很大的改善。”

“我丈夫说不要试图说服我们家的女人。”海伦说。

“他并不认识我们。”妈妈说。

“我和她说起过您。”海伦说。

她突然间抬起头，在后视镜中看到妈妈的脸，妈妈的眼睛好像睁大了，毫无防备且脆弱，紧张地看着她。有一刻她甚至想减慢速度，转身看是不是镜子让妈妈的眼睛看起来像这样，还是她直视它们时也是这个样子。海伦又看了一眼，妈妈的眼中满是沮丧。

他们在巴利科尼加基廷家的停车场停了下来。拉里和保罗跟着他们也停了下来。他们走出车子，走过一个小木桥，在半明半暗的光线中朝南走去。塔斯克灯塔已经开了，他们站着，看着光束绕着他们。

“这里曾经有两座灯塔，”妈妈说，“我不知道为什么还需要另一座，不过我想爱尔兰海还是很繁忙的，很多地方都很危险。它就在那边——不，再北一点，朝向卡什和你外婆家那边。你还记得吗，海伦？”

“妈妈，我记得，不过那时我们还是小孩。”

“它被爱尔兰灯塔委员会拆走了。我不记得确切是什么时候。”妈妈说。

“它叫什么名字？”保罗问。

“它叫黑水灯塔船。它比塔斯卡尔灯塔脆弱。我想，塔斯卡尔灯塔建在岩石上，所以牢固。但是，我还是喜欢这里有两座灯塔。我想，科技进步了，或许这里也没有以前那么多航船了。黑水灯塔船。我曾以为它一直都会在那儿。”

他们慢慢地向巴利瓦罗走去。海伦向妈妈走近，另外三人走在前面，德克兰夹在拉里和保罗中间，他们安静地保护着他。海伦注意到，灯塔的光束并没有如自己计算那样照过来。她每次都预料得过快。

“我小时候躺在你外婆家的床上，”妈妈说，“曾经相信塔斯卡尔灯塔是个男人，而黑水灯塔船是个女人，他们都在给对方和其他灯塔发送信号，就像交配信号一样。他强壮有力，她稍弱但更为持久，有时候，天还没完全黑下来她就开始放射灯光了。我想他们在呼叫彼此，他强壮而她忠诚，我感到很满意。海伦，你能想象一个小女孩躺在床上想这些东西吗？这些最后都不是真的。你知道，我曾以为你爸爸会长生不老。我总是痛苦地明白很多事情。”海伦低头看，发现妈妈正紧握拳头，“哪怕现在能碰到他一分钟，我指你爸爸，你知道，哪怕他只能在这已近夜晚的时刻，在海滩上与我们擦身而过。不说话，只是看我们。如果他能知道、看到、哪怕只是用眼角一扫发现我们发生了什么都好。这番话真有病，你别介意，但这就是我看到塔斯卡尔灯塔想到的事情。”

“我们应该回去了，”妈妈继续说，“我们都饿了，我肯定。而且德克兰和我都度过了漫长的一天，而我想你们也一样度过了漫长的一天。”

他们五人转身走向那条每年都在沙子中改变走向的河流。沙滩上再没有别的人，对散步的人和游泳的人来说现在都太晚了，停车场里也没有别人的车。德克兰和他的朋友一起走，让她和妈妈一起走，她感到非常惊讶。她想，他一定和妈妈谈过她，一定在试着让她们待在一起。海伦想，她们现在待在一起了，但感觉很奇怪。她发动车子，等待拉里的车子启动。她慢慢地跟在后面，打开车灯。夜幕降临，他们朝卡什开去。

一回来，海伦就变得焦躁不安，想着能不能找个借口回都柏林。她无法抵挡妈妈新近展现的温柔一面。她感觉到妈妈等着用安慰的声音、轻松而亲密的语调重新接近她。她没法承受。她拿起德克兰的车钥匙，溜出屋子，开进黑水村。

她在电话亭给休打电话。他妈妈接的电话，海伦太过急迫地叫休，于是她话都没说就马上叫他过来。

“事情还好吗？”休问。

“不，不好。我非常想逃出那里。”

“德克兰怎么样？”他问。

“没变化。”

“男孩们睡得正香。”休说。

“我没和你一起去一定是发疯了。我再也不会这样了。我想我再不能这样离开他们。”

“海伦，就几天而已。”

“你怎么能知道他们好还是不好？”

“我当然能知道，”休说，“他们很好。他们在度假。他们知道很快就会看到你。”

“我爸爸病的时候，他们都以为将我们留在这里没问题。”

“这两者有很大的区别，”休说，“我是他们的爸爸。我和他们在一起。你说得好像我不存在一样。我一整天都在照顾他们。”

海伦听着，什么都没说。

“你要做的事情，”休继续说，“是去想如果你父亲和你们待在一起，那些年你会过得怎么样。还有你和男孩们说话时声音听起来不要太忧心，不然他们会担心的。现在他们还没有什么困扰。如果他们有了哪怕是最轻微的问题，我都会告诉你。”

“或许我担心的是我自己。或许我只是害怕告诉你。”

“我一直在这里，如果你想的话我可以过去，即使只是一天。”

“最糟糕的是，我妈妈对我变得很温柔。”

“听上去是个好消息。”

“别再把所有的事情都看成好消息。”

“你要怎么做？你要留下去吗？”

“我会多留一天，”她说，“早上我会再打电话给你的。能和你说话很开心。”

七

当晚德克兰上床睡觉前叫他们多放一张床在他房间里。拉里和保罗在楼上找到一张拆掉了的行军床，便拿下楼在德克兰的床边重新组装好。海伦走进来，坐在椅子上看他们组装。

“你想我睡在这里吗？”她问德克兰。

“或许。我不知道。有时候我醒过来时很不舒服。”

“你可以叫我。我就在旁边的房间里。”

“他们都会醒过来的，不然你会以为有什么不对劲。”

“我不会的。需要陪伴的时候就叫我。卡舍尔和马努斯也总是吵醒我。”

“他们不会叫醒爸爸吗？”

“有时，”她说着就笑了，“但他们爸爸睡得很沉。”

“不管怎么样，我今晚会吃一片阿普唑仑，应该会没事的。如果我有问题，保罗和拉里可以睡在这里。”

“妈妈的关心是不是让你害怕？”海伦问。

“她发现一切很难接受。我不想去她屋子里，她嫉妒心就发作了。今天她把我带到那里，告诉我她会让我睡在哪里，我的朋友会有多少空间。没提到你。但她很快也会给你留一个房间。我从保罗那里学到一个新词来形容她。”

“什么词？”海伦问。

“这个词是‘黏人’，”德克兰说，“她很黏人。她以前都不这样的。我的意思是，这些年来她变得缠人了。”

“之前我们在海滩上散步时，”海伦说，“她也很不一样，变得柔和还有点难过，我感觉她想要拥抱我，而我只能畏缩，但她对保罗和拉里就完全是副婊子样。”

“是啊，他们也受不了她，但是外婆在补偿他们，不是吗？”

“外婆，”海伦说，“很迷人。”

拉里在夜里叫醒海伦，说德克兰需要人陪。瞬息之间她好像回到了二十年前，匆忙地从她房间跑到他的房间。这种感觉只是一瞬，却真实得几近完美，她十分惊讶，那么小的回忆竟然能困扰她，这两者间的联系竟然如此自然。

她穿上一件套衫便走到德克兰床边坐下。

“现在我觉得我吵醒了整个屋子的人，”他说，“阿普唑仑的药效消失了。再吃一片也没用。”

拉里在行军床上睡。他和德克兰躺在各自的床上，他的手枕在头的后面，海伦坐在德克兰床边。他们听着远处大海的咆哮，还有飞蛾脆弱的翅膀打在窗玻璃上的声音，他们什么都没说。海伦累了，心想如果她说想回去睡了他们会说什么。

“我想有一套自己的房子可以回——我自己的房子，”德克兰说，“在干净明亮的地方。”

“甚至只是个公寓？”海伦问。

“甚至只是个公寓。”他说。

“要不我们下周给你找一间？”她问。

“不，我的意思是我自己的屋子，我自己粉刷装修。”

“我们会完成那些东西的，”海伦说，“我们会粉刷、布置，它看起来会干净明亮。”

“或许吧，”德克兰说，“拉里，你怎么看？”

“我赞同。”拉里说。

海伦在厨房里沏了茶，莉莉走过来，她想要知道情况是不是还好。她给了妈妈一杯茶，告诉她德克兰就要睡着了，现在去打扰他会是个错误。海伦喝下了茶后，感觉更困了。

“我要上床睡一会儿，”她说，“你需要我时随时叫醒我。德克兰，如果你想的话，我会开车去都柏林给你租一间公寓，并且装修布置好。你应该考虑一下。”

她到早晨九点才醒来。她真希望屋子有个后门，那样她就可以偷溜到车上，开到黑水村，打电话，买报纸，不必和任何人商量。现在相反，她必须走进厨房里面对他们所有人。她突然想到，相比起这些人，休、卡舍尔和马努斯是多么简单，他们的关系多么稳定，他们的要求多么简单坦诚。起床踮脚走到浴室这段时间时，她相信厨房里已有内讧，出现奇怪的要求和联盟，没人理解的力量。她想，她要快点离开，哪怕是一两天，一想到可能的逃离，她就感到满足，内心觉得更加安全。

现在是周六。德克兰已经起来了，正坐在 AGA 炉旁的椅子上吃药。拉里在洗碗，其余的人都坐在餐桌旁。

“我要去村子里买报纸。”海伦说。

“我们已经有报纸了，谢谢。”外婆说。

“我要给休打电话。”

“你昨晚已经给休打过电话了。”妈妈说。

“我要到村子里去。”海伦坚定地说。

“海伦决定了什么就会去做。”外婆说。

“我陪你去。”拉里说。他的手还泡在肥皂沫中。

“不，我现在就去，一个人去，不会太久的。”海伦说。她关上身后的厨房门。

她知道德克兰已经不要他在都柏林的公寓了，但她到现在才意识到，这让他任人摆布。他们当然可以给他在都柏林某处找个带花园和大窗户的舒适公寓。她知道，最好让她妈妈关心这件事并且组织一切。回去之后，她会试着将这个想法植入妈妈的脑中。

她打电话过去时，休还在床上，但是男孩们已经起来了。她问休的妈妈可不可以让她和他们说话。

卡舍尔先到电话机旁。

“你过得怎么样？”她问。

“不错。”他安静地说。

“你昨晚睡得很早。”她说。

“我想是的。”

“玩得开心吗？”

“是。”他顺从地说。

“你的床舒服吗？”她问。

“舒服。”

“我很快就会过去，你可以带我去看各种景点。”

“你想和马努斯说话吗？他正在试着把电话抢过去。”卡舍尔说。

“好，告诉你爸爸我打电话来了。”

马努斯的声音从话筒传出。“我们准备去钓鱼。”他说。

“钓多久？”她问。

“钓一上午。”他回答。

“你爸爸还在睡吗？”她问。

“他不去。乔叔叔会去。”

“你有钓鱼竿吗？”

“我们可以用那里的钓鱼竿。但我们现在要出发了。”

“你听起来很忙。”她说。

“你可以迟些时候再打过来吗？”他问。他试着让自己听起来像个大人。

“好，我会的，”她笑了，“我迟些时候会打电话过来的。”

马努斯挂了电话。

海伦买了报纸，开到桥上坐在车里翻着看标题。她看着“公寓出租”版，想到妈妈会很乐意做这项工作，去和房东、租约打交道。

回来的时候，莉莉正在小路上。她一看到海伦就挥手，好像在打信号让她停下。海伦让汽车自己滑下山坡朝莉莉而去。

“德克兰的一只眼睛瞎了。”妈妈说。

海伦停好车，和妈妈一起走进屋子里。德克兰还坐在厨房原来的位置上。

“发生了什么？”海伦问。

“过去我感觉视力在慢慢消失，现在完全看不见了。它随时都会失明，但另一只眼睛没问题，另一只被照顾得很好。我解释完了。”

“海伦，告诉他我们应该叫医生。”妈妈说。

“德克兰，我们应该叫医生。”海伦说。

“医生什么都做不了，”德克兰说，“问保罗去，他是专家。”

“保罗不是医生。”妈妈说。

“他读过一本厚厚的书，他知道所有的新疗法。问他去。”德克兰说。

保罗坐在餐桌旁。

“我在车里放了一些书。如果你们想看的话，我可以让你们看看，但德克兰说的一切都是真的。”

“他很镇定，”外婆说，“看看他。我头皮都要挠破了。”

“我能做的都做了，”德克兰说，“而且我不镇定。我只是看上去镇定。”

“沃特福德有个不错的眼科医生。”外婆说。

“又不是世界末日，”德克兰说，“我虽只有一只眼睛，但我看得很清楚。左边那只眼看上去是不是有点滑稽？”

“不，它看上去正常得很。”海伦说。

“好，那我要回床上睡觉了。如果我丢掉了鼻子、嘴巴或者是一个脚趾，我会让你们都知道的。”

“你带上你的药了吗?”妈妈问。

他停下来看着她。

“你说话就和我妈妈一样。”他说。

“严重吗?”德克兰离开房间后，莉莉问保罗。

“不严重，他是对的，这总算发生了。这是某些事情的结束，而不是开始。他们现在会更仔细地检查另一只眼睛了，但是下周才能检查。”

“我是不是应该马上让医生知道?”

“在周六早上?不要了，我们先别打扰她。”

“噢，他刚才说话的时候我吓死了，”外婆说，“我害怕这件事。眼睛是一个人最珍贵的财产。德克兰有最漂亮的眼睛。他爸爸，上帝让他安息，也有漂亮的眼睛。莉莉曾经一次又一次跟我说起他的眼睛。”

“德克兰现在要准备和他葬在一起了。”莉莉说。

“我觉得德克兰想要火化。”拉里说。

“噢，这里没人想被火化。”德弗罗太太说。

“好吧，他说他想要被火化。”拉里说。

“不，他要像其他人一样下葬，”德弗罗太太说，“我想知道是什么让他脑子里想到火化。”

没有人说话，直到楼上响起门的重击声。

“噢上帝啊，听听！上帝，听啊！”德弗罗太太站起来说。

“出什么问题了，妈妈？出什么问题了？”莉莉问。

“莉莉，你记得的。我妈妈和我妹妹斯塔蒂亚都很相信这个。门的响声让我想起来了。家里有人死之前门会响两下。斯塔蒂亚去世之前的那晚我很清楚地听到了。我叫醒你父亲，说我们应该马上起床，开车到布里去，因为这是斯塔蒂亚去世的预兆。我也得到我妈妈的信号了，上帝让她安息，我们都得到信号了。”

“你得到过爸爸的信号吗？”海伦问。

“没有。我刚才在想，我没听到。啊，那是过去的事情了，现在没人说这个了，一个邻居都没有。还有别的家庭也会像我们这样，得到有人要死去的特别信号。我想，这是种礼物，但是现在没人再相信了。它消失了。”

“但是您相信？”保罗问。

“我过去相信，”德弗罗太太说，“我现在也真的相信。我知道我妈妈和斯塔蒂亚要死时我听到了，但是自那之后我再没听过了，我也没想。我不知道现在这次意味着什么，但不管它预示什么，蕴含的意义未必相同。我不知道这次是什么信号。”

“你觉得楼上的门响是这样的预兆吗？”海伦问。

“它让我想起来了，就是这样。”德弗罗太太说，然后走向窗户，透过窗帘看出去。

海伦注意到妈妈什么都没说，看起来心神不宁。她本想问妈妈过去有没有听到过这样的声音，但最终决定不问。

“抚养孩子的一个问题。”妈妈说，好像刚才没听他们说话，似乎在参与另一番对话，“是你会为他们害怕太多。我总是很担心德克兰，他自己没法处理事情。他很容易醒，很容易哭，害怕上学，也很容易得病。每次我看到他自己出门，我都觉得他需要更强壮，或者需要有人看着他。这种感觉从来没离开过我。海伦总是周围孩子的头。你不需要担心她。但德克兰，我从来都没停止过为他担心。”

“莉莉，他会睡上一会儿，”德弗罗太太说，“我觉得他昨晚睡得不好。”

“他在都柏林时住在哪儿？”海伦问。

“他和拉里住，或者和我们的一个朋友乔治住，乔治有个大房子。”保罗说。

“妈妈，我们可以做些事情，不是吗？”海伦说，“我们可以给他找个自己的地方。”

妈妈心神涣散地摇摇头，显然她想要多谈德克兰还是孩子时的事情，想要避开谈论那有人将死时的门响预警声。海伦知道她在错误的时间提起了这个话题，现在很难再次提起了。

德克兰在早上睡了一段时间，醒来之后抱怨肚子痛。海伦和拉里为他换掉床单和枕头套，这时窗外下起毛毛雨，他在房间的椅子上坐着发抖。

“德克兰，如果你想要我们给你在都柏林找一间公寓或小房子，就直接说出来，在妈妈面前说，然后我们就会去处理，在这一周找到。”

“谢谢，海莉，”德克兰说，“我会考虑的。”

他重新回到床上，呻吟起来。他鼻子上的瘀青看起来每天都在变深。“让我一个人待着，”他说，“我要试着重新睡觉。”

“不，”海伦说，“你应该试着保持清醒，这样你今晚就能睡好了。让我们和你待一会儿。”

“好吧，爱发号施令的人，”他笑着说，“但我可能会睡着。”

拉里给他带来《爱尔兰时报》，德克兰匆匆翻阅就放下了。拉里坐在床尾，告诉德克兰和海伦他要怎样帮他们外婆将屋子改装得更舒适。

到了下午，德克兰开始每隔十五分钟就上次厕所，回来的时候似乎筋疲力尽。他说他肚子还是有点痛。海伦和拉里跟他一起坐着，保罗在房间外徘徊。年长的女人们待在厨房里。

“眼睛的事情很有趣，”德克兰说，“终于结束了，也算是解放了。我曾经看到各种东西在眼前飘浮，但现在什么都看不到了。不管怎么样，这部分结束了。”

其他人点点头。很难想象要说什么来回应。过了一会儿，海伦走进厨房，让保罗坐到她的位置上。

海伦打开门的时候，妈妈正说到一半。她停下来，放下杯子。

“对她说，”外婆说，“说出来。”

“说什么？”海伦问。

“没啥，我只是在说，海伦，”妈妈说，“我会喜欢一个关心衣服、装饰、配色这类东西的女儿。前几天你走进我屋子里时，如果你对配色和东西的摆放提出建议，我会很开心。如果你走进我的卧室看看我的衣柜，挑出一些我永远不会穿的连衣裙、套装、夹克并且赞扬一番，我会很开心的。”

“你需要的是一个新女儿，”海伦说，“你有那么多钱，怎么不自己买一个？”

“不，海伦，你太过分了，”外婆说，“她只是在说你对衣服没什么兴趣。”

“我更情愿你是那种会回来看我，对我的房子、花园和衣服感兴趣的女儿。”妈妈说。

“你的屋子很漂亮。”海伦冷漠地说。

“德克兰很爱我的花园，昨天他有很多改进的想法。”莉莉说。

“很可惜我不是德克兰。”海伦说。

“他怎么样？”外婆问。

“他开始严重腹泻。”海伦说。

“上帝啊，这可怜孩子，”外婆说，“我们现在应该跪下来为他念一遍玫瑰经。”

“妈妈，我等下和您一起念玫瑰经。”

“噢，我会自己祈祷。我都不知道你们俩怎么了。”

“妈妈，”海伦说，“如果我有一个儿子成了音乐家，那我会很高兴——他爸爸也会很高兴，但他们不是，两个都不是，而我们只能和这样的他们一起生活。我想我希望他们俩里有一个是女孩，我希望能有个女孩，但我并没有再想过这件事情。我希望您有时也会对我满意，即使我不是您想要的样子。我希望您不要再希望我是别的样子了。”

“海伦，我一直都接受你的样子。”妈妈说。

“这真是个可爱的词，谢谢。”海伦说。

“海伦和莉莉，你们俩快停下来重归于好。”德弗罗太太说。

下午时保罗走进厨房，看起来很担忧。

“他一腹泻就很难止住了，”他说，“他吃了很多药来止泻，但看起来一点效果都没有。”

“我们应该做什么？”海伦问。

“希望它会过去，但是如果到了明天情况还继续，他就要回圣詹姆斯医院了。”

“是因为吃错东西吗？”德弗罗太太问。

“不是。去年开始他的肚子就有问题。”保罗说。他走了出去，三个女人坐在餐桌旁。

“那个年轻人，他什么都知道。”莉莉说。

“我想他和德克兰一起经历的东西比我们多。”海伦说。

“我觉得没有什么能代替你自己的家庭。”莉莉说。

海伦想知道她妈妈是不是想要惹恼她。

“德克兰有那么群朋友很幸运。”海伦说。

“和其他朋友在一起就没那么幸运了。”莉莉说。

“你这是什么意思？”海伦问。

“好吧，一定有人将他引入歧途。我想知道他们现在在哪。”

“我觉得他不需要太多指引。”海伦说。

“德克兰离开我的屋子时，他还是个所有人都为他骄傲的年轻人。”莉莉说。

“同时他也是同性恋。”海伦说。

“你们两个需要分开。”德弗罗太太说。

“但这不是很搞笑吗，他的两个朋友是健康的，他却病了？他们现在围在他身边倒是容易。”莉莉说。

“我不知道你在说什么。”海伦说。

“你外婆说，他们之中有一个人讲了自己的粗俗故事。幸好我在另一个房间里。我要是在的话会把他赶出去的。你们还大笑、怂恿他！”莉莉说。

“包括外婆。”海伦说。

“噢，海伦，我迟些想起时，想到如果你外公在的话说这些东西会怎样。”外婆说。

海伦直接对妈妈说：“真好笑，你都不在这里，你错过了，你根本没理由进行道德指责。”

“听听这位老师是怎么上课的。”莉莉说。

“你需要学会容忍别人，”海伦说，“而且我觉得真是太奇怪了，你竟然在我面前谈论你想要个怎样的女儿。”

“你希望我在你背后说吗？”妈妈问。

“是的，实际上是的。”海伦说。

“我只是希望你对我和我的生活感兴趣。”莉莉说。

海伦注意到妈妈脸色变了，就像昨晚在车里那样。突然，她看起来脆弱而孤寂，好像在等待一句她自己不会回应的评论。她眼中满是泪水。

“妈妈，我会那样做的，”海伦说，“这些事情结束以后，我会那样做的，但您要停止幻想我是别人。”

“并且我很想和你的孩子还有休碰面。”妈妈说。

“年纪小的那个孩子是个小讨厌。”外婆说。

“我相信他们会喜欢您，妈妈。”海伦说。

“海伦，他们会吗？我觉得他们不会。”莉莉开始哭起来。德弗罗太太走过去，将手放在她肩膀上。

“我相信他们会的，妈妈。”海伦再次说。

莉莉擦干眼泪，拿出镜子补起眼妆。海伦可以看到她正准备说些别的什么。“你没邀请我们去你婚礼，”莉莉重新开始说，“这并不是小事，并不是我们某一天错过了几小时的事情。我们从来没看见你微笑和开心、得到你所想要的、和相爱的人在一起。我们从来没看到过照片，如果有这样的照片存在的话。我们从来没见过你和孩子们在一起。我们全都错过了。”

海伦看到哭声和同情给了她妈妈力量和勇气。她说话的样子就像相信没人能反驳她或回应她。海伦重新坐下微笑着说话。

“我不想你们出现在我的婚礼上。这是件和你们没关系的事情，你们不会赞助我或者因此占功劳，这对我来说很重要。你们已经占了我的一辈子去看我微笑和开心，因为你们对私下的我毫不留心，我不会让你们在公开场合玩弄我的。但我确实赞同你，这并不是小事。”

“你们现在对彼此已经说得够多了，”德弗罗太太说，“海伦，我就没见过谁像你父母那样爱孩子，他们带你到处玩，什么都给你。他们会在周日到这里来，他们最自豪的是你能走两步了，能说一个词了，牙齿长了。我从来没见过哪个小孩能像你这样得到那么多关注。”

“对不起，外婆。我知道德克兰病了，现在抱怨听起来很任性，像被宠惯了。”

“你在抱怨什么？”妈妈问。

“我在抱怨您不爱我本来的样子，您希望我改变。实际上，我在抱怨您不喜欢我。”

“海伦，难道你认为如果你有了麻烦我不会马上放下一切去帮你，去给你提供帮助吗？”

“这不是我想从您那里得到的东西。您刚又想象了一个非常需要帮助的我。我不是那个人，不要再幻想我了，别把事情投射到我身上。”

“海伦，你真是个非常冷酷的人。”妈妈说。

“随便您怎么说，听起来都是对的。”海伦说。

“你知道，你爸爸去世后，我一直没法让你和我接近。我回到家，首先注意到的就是你不肯在葬礼上看我的眼睛。当我们三个重新在一起时，你很冷漠，对我毫无感情，你什么都不告诉我，也从来不把朋友带回家，没有女孩和你说悄悄话或一起看电视。你总是在学习，按时上床，像鬼一样在房间里游荡，审视着我们。”妈妈的眼神很锋利，声音中充满蔑视。

“我永远都不懂，”海伦说，“你怎么能在爸爸病的时候将我们留在这里那么久，也不来看我们。”

"现在有必要将所有事情都扒出来吗？"外婆问。

"你不知道你爸爸发生了什么，"莉莉说，"你不知道他在医院里多么害怕，多么孤独，多么沮丧，即使我每天都在那里。我没有别的选择。这就是让你烦恼了那么多年的事吗？"

"德克兰和我感到被抛弃了，即使外婆和外公对我们很好，我们还是感到被抛弃了，是的，如果这就是您想知道的。是的，我觉得这就是让您烦恼了那么多年的事，就像您说的那样。我把它们都放在心里。"海伦几乎要哭出来了。

"你一直都想着它。"妈妈补充道。

"我再也不信任您了，就这样。您不能说我冷漠说您不理解我。您永远都不站在我这边。"

"我为你做了我能做的一切，"妈妈说，"而你丝毫不为所动。我还记得你的考试成绩出来时，你只是看着它，笑都不笑。但是现在已经过去很久了。我想要在你自己的屋子里见到你，看看你有没有什么不同。"

"我记得有一个夏天，"海伦说，"我已经完成学位了，自己待在博加特大街的公寓里。我买了一本烹饪书，就在彭布罗克旁边的转角处有一个很棒的蔬菜店，一切都很新鲜，有草药、香料和我之前从没见过的蔬菜。我那时常常去那里，还有去斯蒂芬的蔬菜店，我会在早晨醒来，一整天都是我自己的，我会在阳光下四处走走，煮点东西吃，读报纸和书。我爱那块地方，那种自由，那种宁静，我想，如果没有婚姻或友谊这样的事情，我这样也人生圆满了。我能够逃走了。我现在还是这样觉得，不必否认。我觉得我逃离了。”

“逃离什么？”妈妈问。

“逃离您。”

“我对你做了什么？”妈妈问。

“我不知道，但就像您自己对婚礼这件事说的那样，并非小事。”

“所以为什么你想要你的孩子见我？”

“因为我们不能像这样下去了。”

海伦走到窗户边。

外婆已经做好了三明治，她将它们放在盘子里。她走向德克兰的房间，告诉他三明治和汤已经准备好了。

德克兰想留两个人在房间里一起喝汤、吃三明治。他不想被落下。海伦和拉里便陪他一起。

“我刚和妈妈吵了一架。”海伦说。

“我注意到你们家的女人，”拉里说，“她们说话时就像统治一切一样。”

“她们的确统治一切，”德克兰说，“但你都没见过她们和男人在一起的样子。我指真正的男人，不是我们这样的软骨头。真正的男人在周围时，她们就闭上嘴巴沏茶。”

“纯属无稽之谈，”海伦笑着说，“妈妈一辈子都没闭嘴过，而外婆沏茶只是一种展示权力的方式。”

德克兰上厕所时，让他们在他回来之前都不要说话。他不想错过任何东西。拉里和海伦沉默地吃着。

德克兰回来之后，拉里继续说：“我的意思是，即使周围有男人，我打赌她们也不会变太多。她们还会是那副样子。”

“相互吵闹，”德克兰说，“你们刚才在吵什么？”

“我们在争吵为什么她没被邀请来我的婚礼。”

“噢，好吧，我之前已经知道这件事了。”德克兰说。

“你外婆说你们两个简直一个样。”拉里说。

“那是胡说八道，”海伦说，“我一点都不像她。”

海伦和拉里在德克兰的房间里坐了一小时，他去了五六次厕所，每次回来都看起来筋疲力竭，垂头丧气，蜷缩在床上，闭上眼睛。早晨的毛毛雨已经停了，但地板仍然是湿的。海伦摸了摸德克兰，知道他发烧了。她想，房间太热了，空气不流通。她将窗户打开了。

她到厨房里告诉保罗德克兰病得严重了。

“到了某个地步，”保罗说，“他就得回到医院，但是周末医院什么都做不了，所以他只能周一回去。”

海伦看了看妈妈，她却掉转了视线。她意识到妈妈不打算和自己说话。

海伦告诉他们，她想要独自沿着海滩走到巴利科尼加海滩，然后走到黑水村，她希望保罗一个半小时后能在那里接她。她走回她的房间，换上鞋子穿上套衫。

“或许你会好好想想我跟你说的事情的。”海伦回到厨房之后妈妈说道。

海伦没有回应就走了。

她从被雨打湿的悬崖边缘走下去，这时她意识到，在这个下午的某个时刻，双手抱住妈妈、在她身边大哭、原谅她的一切、承诺重建关系的机会来了又去了。她打了个冷战。她想，大多数人都会被这机会诱惑，也会后悔没有朝大和解迈出步子。她踩在潮湿的沙子上，为这种想法再次颤抖起来。

在谈到过去时，有一幕在心中萦绕不去，奇怪地超越她的理解范围。她没法告诉妈妈，那天她带着丈夫的遗体从都柏林回来、海伦在教堂的前方碰到她、那么多个月以来第一次见到她时，她看上去多么庄严、冷淡，是一个小女孩不到万不得已不会想去寻求拥抱或安慰的人。那晚，她观察着妈妈、集会和棺木。妈妈看上去完全变了。下跪的时候，海伦悟出为什么德克兰不在，有一个小男孩黏着，她就没法保持这种姿态，这种骄傲的风度。年长的女孩会更好控制。外婆或爸爸的姐妹可以照顾海伦。

海伦记得那晚房子里全是人，大家分着茶和三明治，还有更多的人在涌来。她紧跟外婆，确保她不用和别的人睡在自己的卧室里。她深恶痛绝的是他人对她的熟悉。陌生的人们知道她的名字，因为她的父亲刚去世，就要将他们很同情她的信息强加于她。他们指着她将她介绍给其他人，他们刚来，她就希望他们都走。她妈妈主持着一切。

父亲去世后的日子如同做梦，仿佛洗坏了的胶卷。父亲开始远离爱他的人，度过坟中的第一个长日，妈妈则被陌生的一切包围，她十分沉着，穿得很好看，接待客人，冷静地谈话。她的女儿在楼梯口看着她，在每次开门的时候和她对视一眼，阴郁地想：这些人都走了，你就只有我了，你现在还不知道。过了一两周，尤其是学校开学了，事情如海伦所想发生了。不去卡什的夜晚里，德克兰上床睡觉后，海伦在上楼前的半个小时里会坐在火炉边放松，看着电视上的节目。妈妈坐在她对面，不知道怎么跟她说话，不知道怎么对待她，海伦和妈妈之间没有建立和外婆那样舒适的陪伴关系。海伦也不帮助她，关掉电视了就看着炉火伸展身体。她不费吹灰之力就创造出了一道难以消除的屏障。妈妈对海伦微笑，问她是不是累了，海伦点点头，装好第二天要用的书，打了个呵欠，走向自己的房间，回到自己的王国，躺在床上，想着楼下的不适。直到现在，她都还梦想着逃离。

她走近浪花破碎、回旋而后又破碎的地方。沙滩上再无他人。她想知道从这里到巴利科尼加之间的海滩上散布的小石子是从哪里来的。从陆地上还是从海里？它们会不会深嵌在那构筑悬崖表面的淤泥和泥灰之中？如果有一天悬崖上的碎片或大石头坠下来了，大海会不会将它们冲洗干净然后留在这里？

海伦听见海浪打得小石子相互碰撞如同牙齿咯吱作响的声音，然后又消退下去。爸爸去世后他们曾来到这里，葬礼上的人群和三明治食客都已消失，此处只有莉莉，海伦，德克兰和他们的外祖父母。莉莉坐在她妈妈的餐桌上，坦率地谈个不停：她的所有悲痛和希望都喷涌而出。海伦没法听进去，她还清楚记得来到这个地形被逐渐侵蚀的沙滩的情形，她希望大海能迅速扑向他们，带走房屋和土地，抹掉外祖父母生活之处的痕迹。她想象大海愤怒而无情的样子，它缓缓蔓延到镇上，一切都被溶解，缓缓消失，死者被冲出坟茔，房屋破碎倒塌，车子被拉进任性的大海之中，最后除了巨大的混乱别无他物。

她拼凑起妈妈坐在餐桌旁给她沏茶的形象。海伦想到，她还是小女孩的某个阶段，莉莉就已经找到自我满足的方法，学会随心所欲地臧否人事，让自己总是得到支持。很多年都没人和她争吵，也没人让她停下来，而这三天她对保罗和拉里也是毫无顾忌的粗鲁，显然对他们有敌意。海伦想，她回去要做的第一件事情，就是摇醒妈妈，强迫她对保罗和拉里好一点，像对德克兰在孤立无援时留下来帮助他的朋友那样对待他们。但海伦也知道，想要改变莉莉的想法是愚蠢的，无论多少呼喊和羞辱都不会有改变的。她妈妈最好就被晾到一边，被大家容忍和保持距离，因为现在没有东西能改变她或改善她。现在已经太晚了。

海伦看着基廷家房屋的残骸。她再度停驻，看着墙纸的碎片，地板，还有迎向大风和大海的半个房间。她希望她现在能够祈祷了——希望德克兰的情况会变好，至少不要变差。走过停车场然后沿着土地走上去的时候，她意识到自己不能祈祷。她只能希冀。她走向村庄时，强烈地希望接下来会发生的事情能被延迟或者停止。

她还在沉思妈妈的事情，走着走着她突然想到，四五天前看到莉莉的那一幕正证实了她所有的偏见。那是寻求同情和渴望关注的无可救药的组合，那是种忽冷忽热、先对你充满关爱但又因为自己太忙置之不理的能力。经过石灰窑时海伦想起了妈妈在葬礼上在宾客前的面容，又想起她坐在卡什的桌边的样子，海伦在母亲面容的两个版本里都看见了忧伤和无助，但最明显的还是那永远不会离开她的恐惧。

海伦明白，她一辈子也不可能体会到妈妈脸上出现过的那种恐惧、忧伤和无望。父亲死后的那年里，她学会让自己像随便什么物体一样麻木。而这就是她现在在抵抗的东西，她曾将它杀死，却又在妈妈那里涌现，纯粹而不加掩饰。海伦曾看见妈妈向除了她的所有人展示这些真实的情感，这些情感在公开场合展现，却很少在私下出现，而现在它们又回到卡什的餐桌上了。现在她被要求和它们的主人做朋友。

休会笑着说她把事情看得太严重了。在他看来，事情都会好的。他希望她去看望妈妈和外婆，但他不会认同她的看法，这并不意味着屈服什么。“和她交谈，这是你能做的事情。”他说。

休的爸爸去世时他们已经结婚一年多了。海伦认识公公不久就很喜欢他了，也很遗憾——她那时已怀上了卡舍尔——孩子们不能认识他。他是个高大的男人，总是微笑，很友好。躺在走廊一口敞开的棺材里，他脸上的表情温和而满足。海伦的婆婆坐在棺木旁，不时转身来看着他或触摸他的脸，仿佛在欣赏，或是在确保他没有大的变化。休的兄弟姐妹绕着走廊进出，在棺木前停驻片刻，触摸棺木或触摸父亲的手。他们都哭了好几次。他们父亲的尸体就停放在那里，被蜡烛照亮，皮肤在闪烁的光芒中显得苍白，他的存在变得越来越虚无和遥远，他们开始轮流坐在棺木旁。

休的家庭里没人像海伦一样观察着一切。她想找到一个观察着一切、看着一切、仿佛一切没发生过的侄子侄女，或表亲阿姨、兄弟姐妹。但是除了海伦自己，葬礼上没有人这样，他们都沉浸在自己的悲伤中，这让海伦很震惊，让她印象深刻。她希望她在爸爸的葬礼上也能像这样，而不是看着所有人，盯着妈妈就像那是自己从没见过的人。走过小巷朝黑水村走去时，她想，如果在爸爸去世后她公开地哀悼他，她现在会有多么不同。她现在会开心点吗？

她在村里的艾特齐厄姆酒吧外面找到了保罗。他很激动。

“我想我应该给医院打电话，”他说，“但没有人我能说上话，我给路易丝家打电话，但她出去了。他们觉得她应该随时会回来，不会太久，所以我一直在试。你外婆正在开通手机，即使只是一两晚。”

“德克兰真的病得很严重吗？”海伦问。

“如果他在前半夜就这样了，那后半夜很可能就会有严重腹泻和发烧头痛。”

“他头痛吗？”

“他开始痛了。”

“他体温多高？”

“现在是一百零二华氏度，就前半夜来说已经很高了，他可能会脱水。”

“他们能做什么？”

“如果头痛变严重了，他们可以用缓释吗啡，还可以注射一种药剂，这需要医生开处方或注射。”

“你听起来就像个医生一样。”海伦说。

“我和德克兰经历过好几次这样的状况，我也了解路易丝。”保罗说。

过了一会儿他和路易丝说上话了。海伦看着他和她交谈。他皱起眉头听着，然后又开始说话。他挂了电话。“她十点钟会回来，”他说，“如果情况变坏了我们可以再电话她。我们要给他降温。她很担心腹泻，她知道他以前会头痛得非常严重。如果需要的话我们可以十点再打给她。”

他们沉默着开车回卡什。他们一走进屋子，就听到德克兰的房间里传来声音。保罗感觉到发生了什么，走过海伦身边。

“很好。没事。”德克兰正在说着，妈妈和外婆站在床边。

“他出了点意外，”拉里示意保罗和他一起离开房间然后说，“我想整张床都是排泄和呕吐物。”

保罗走进卧室里。“最好所有人都离开房间。”他说。他转向德弗罗太太。“您可以拿些干净的床单来吗？”他问她。他转向莉莉，请她打开淋浴，确保水温够热。他让拉里去接一盆水，拿些肥皂来。他的语调很粗暴，几近专横：“你们可以先离开房间吗？这里不能那么闷热。”

莉莉没有动身，他示意她离开。“这里留些隐私比较好。”他说。

“我能和你出去说点事情吗？”她问。

海伦跟着他们俩进入厨房。

“我们能待会儿再谈吗？”保罗问。

“你怎么能用这种语调跟我说话！”莉莉喊道。

“我们等下再谈，”保罗冷静地说，“我还有事情要做。”

他回到德克兰的房间，拉里打来了一盆水正等着他。德弗罗太太已经拿来干净的床单。拉里走上楼去开水龙头。海伦站在厨房里看向窗外。

“我真不知道他以为自己是谁。”她妈妈说。

海伦叹了口气。

外婆走进房间坐下：“我们将所有的床单放进外面的篮子里了。保罗说让它们先泡一会儿，他会洗干净。这人真不错吧？”

海伦感觉到外婆在故意气妈妈。

“我们可以轻松地将它们放进我的后车厢里，我回家之后放洗衣机里洗。”莉莉说。

“呃，可惜你现在只说不做。”德弗罗太太说。

保罗走进房间里，海伦看到妈妈在桌边安静地生着气。

“他的头痛加重了，”保罗说，“而且如果不想他脱水的话，他需要喝很多水。我在村里的时候应该给他买些七喜的。”

“你怎么敢用刚才那种口气跟我说话！”莉莉站起来面对着他，“你觉得你在这儿算什么？”

“听着，”保罗说，“我一进来就知道德克兰感到被羞辱了，所以我认为他需要私人空间，你离开之后我也没见到他说他希望你们都回来。”

“我们认为这里没有你的事。”莉莉说。

海伦试图打断她，但莉莉继续说道：“或许现在是时候让你和你的朋友考虑一下滚出这里了。”

“现在，马上?”保罗耐心地问，“只是因为你想要我们离开?”

“是的，尽快。”莉莉说。

“而且只是因为你想我们离开?”保罗又问了一遍。

“是，我住在这里。”莉莉说。

“你不住这儿。”海伦打断了她。

“这是我妈妈的房子。”莉莉说。

“德克兰让拉里和我来这里，”保罗说，“我们两个曾经在他困难的时候照顾他，拉里花的时间比我的还多，而那时我没见他的家人在周围。”

“我们不在，是因为我们什么都不知道。”莉莉说。

“我倒是好奇为什么你们什么都不知道。或许你应该仔细想想这个问题，而不是阻碍我们，还闹出些无谓的争执。”保罗说。

海伦觉得他说得太过了，但他还是很沉静，控制住自己，权衡说出的每个词。

“我没有阻碍你们。”莉莉说。

“呃，在我看来就是这样的。”保罗回答。

“我是他妈妈!”莉莉喊道。

保罗耸耸肩:“他是个大人了，他头痛得很严重，需要喝杯东西，现在容不下这样的歇斯底里。”

“所以你要离开吗?”莉莉问。

“听着，布林太太，”保罗说，“只要德克兰在这里，我就会在这里，这就像刻在石头上的字一样不会变。我在这里，因为他让我来这里，而他要我来这里时，他用的那些形容你不好的词句我不想重复。他也很关心你，爱你，希望得到你认可。但同时他也病得很厉害。所以布林太太，停止自怨自艾。德克兰留在这里，我留在这里，拉里留在这里。其中一个走了，我们就会一起走，如果你不信，就去问德克兰。”

“你什么意思？‘不好’？”莉莉问。

“他接近三十岁了，看在上帝的分上，还不敢和你说事，”保罗说，“我没时间说这个。拉里，那台手机能用了吗，电池能充电了吗？”

莉莉开始哭起来，然后走上楼去。海伦离开房间，走进去坐在德克兰床上。

“发生了什么？”德克兰问。

“妈妈和保罗吵了一架。”海伦说。

“她不应该这样做的。吵架时他总是赢，他永远知道你下一步要说什么。”德克兰说。他将手放在眼睛上，脸部抽搐了一下，“疼痛一阵阵地来，”他说着又起来去上厕所，“我又觉得病得很严重了。”

海伦在楼梯口碰到外婆。

“这次不太愉快啊。”海伦说。

“噢，她没事，”外婆说，“她会自己哭个够。如果她愿意可以把别人从她韦克斯福德的屋子里赶出去，但她不能把这里的人赶出去。他们会在合适的时候走的。”

她们又回到厨房，拉里正试着给手机重新充电。

“如果我听起来很冒犯的话，那各位对不起了。”保罗说。

“你应该对莉莉感到抱歉，”德弗罗太太说，“就像巴利威登人过去说的那样，你让她猝不及防地难堪了。”

“谁有螺丝刀或者小刀吗?”拉里问，“我需要检查一下这个插座。”

“我有把刀。”德弗罗太太去掏围裙口袋。

“外婆，这是把弹簧折刀!”海伦说。

德弗罗太太按下按钮，刀锋便弹出来。看起来很危险。她递给了拉里。

“外婆，您怎么会有弹簧折刀的?”海伦问她。

“海伦，我不知道你有没有看过关于老人独居被攻击的节目。在这里人们都在说这些事情。基欧家差点就要在屋子周围建壕沟了，黑水村的警察们则快要被古怪的景象逼疯了。人们不断问我要怎么办。我不得安宁，而你能想象得到，莉莉拿着警戒系统的宣传册来这日夜折腾。真是疯狂。但我见过这玩意儿，”她指向弹簧折刀，“在电视上见过，看上去比枪还好。所以我去了韦克斯福德镇，问帕尔五金店的帕尔先生，他说他没有存货，这个太危险了，韦克斯福德镇没人有货。我解释我要来干什么。我想他那时以为我要拿来当作给外孙或侄子的礼物。但我告诉他之后，他却很开心，说会给我订一把，我们还讨论了形状和型号。他说我把法律掌控在自己手中的做法是对的。他看起来很了解弹簧折刀。几周之后我去帕尔五金店，拿到了这把崭新闪亮的弹簧折刀。”

“可是外婆，”海伦问，“您用得了吗？”

“海伦，你说用它？你只需要按下按钮。”

“如果入侵者闯进屋子里您会怎么办？”海伦。

“海伦，我会捅他。我会毁他们的容。”外婆说。

“上帝啊，您听起来就像在谈生意似的。”拉里说。

“德弗罗太太，您给我们上了一课，”保罗说，“我庆幸我没有试着闯进这里。”

“德克兰知道折叠刀的事情吗？”拉里问。

“不。”德弗罗太太说。

“我必须去告诉他。电池应该在半小时后充好。”拉里说。

拉里在门口碰上莉莉。她对着房间另一端的保罗说话。

“德克兰说你是他最好的朋友，我不能对你粗鲁，所以我同意按他说的做。”

“事实上，我是他最好的朋友。”拉里说。

“事实上，你只是个年轻的傻小子。”德弗罗太太朝他微笑着说。

“没事，我明白，我也很抱歉。”保罗对莉莉说。

“德克兰病得不停往盆里吐，”莉莉说，“他说自己头痛得更厉害了，现在又跑进了浴室。”

“现在几点了？”保罗问。

“九点。”海伦说。

“我们在十点用手机给路易丝打电话。”保罗说。

吃晚饭时他们轮流去陪德克兰。他大部分时间都穿梭于浴室和卧室间。

九点四十五分，保罗确保手机已经能工作。他想向德弗罗太太要她在黑水村看病的医生的名字和号码，让路易丝需要时可以打给他。

“这事要划清界限，”德弗罗太太说，“很多年以来我都是去找老弗兰奇先生看病，现在他儿子在家我就去找他的儿子。他们比我还清楚我自己，而且他们也很爱管闲事，上帝保佑这两个人，他们就和基欧家那两个人一样。我不想他们知道我的任何事。”

“可是，”保罗说，“您也没有电话本或者黄页目录可以让我们来找别的医生。”

他给电话号码查询台打了电话，找到了在黑水村北边的基默克里奇村①的爱尔兰警局，警察给了他两个开业医生的电话，有个医生当晚还在值班。

“你真是效率的化身。”海伦对他说。

他给路易丝打了电话，留言让她在回来的时候打那个手机号码。德弗罗太太给每个人倒茶，海伦注意到她妈妈在试着对保罗微笑。

---

① 基默克里奇村：韦克斯福德郡著名的旅游村。

手机第一次响起刺耳的铃声，两只猫从高处跳下，把柜子上方架子里的盆子碟子都带到了地上摔成碎片。猫儿跃过房间，瞬间便穿过了厨房的门逃走了，德弗罗太太对着它们尖叫：“整个屋子都会被毁掉的。”

保罗拿着电话走进走廊，莉莉则试着让她安静下来。海伦收拾碗碟碎片。

“猫儿平常过的生活很平静，”莉莉逼着德弗罗太太坐下时说，“这次触犯到它们的底线了。我把电动搅拌机买回来时情况也是这样。它们两个跳到六英尺高的地方，但那次它们没有打碎东西。它们这两天都不会回来的。”

他们将厨房地板上的陶瓷碎片收拾干净，保罗走进来说基默克里奇的柯万医生会过来，路易丝也已和他说过，他知道要怎么做，必须有人去韦克斯福德镇，找一家通宵营业的药店买缓释吗啡。

拉里从德克兰的房间回来，保罗告诉他发生了什么。

“有一个碟子是我几近六十年前参加婚礼得到的礼物，是一套晚餐餐具的一个。”德弗罗太太说。

“那两只猫很麻烦，”拉里说，“如果我们找到了它们，要淹死它们。”

“我只能说你是个年轻的傻小子。”德弗罗太太说。

“但你肯定不能让两只猫这样躺在碗柜上，”拉里说，“它们注定会把所有东西都弄到地上去。”

“我会说它们会对你们不以为然，”德弗罗太太说，“那可怕的手机铃声再响起我都不知道会发生什么。”

“格雷特和查理这两只臭猫，”拉里说，“我竟然错过了。”

医生到的时候，德克兰正在浴室里。他穿着短裤和T恤慢慢地走下楼。在海伦看来，他瘦得出奇。医生和他一起走进卧室，其余人留在餐厅和厨房里。海伦看见妈妈换了衣服。外婆没有到前门接待医生，只是焦虑地在厨房里等待，海伦意识到，她不想让医生看到她或认出她来。

医生照料完德克兰，站在餐厅的桌子旁写了处方。海伦注意到他的头发，散乱地铺在头上，剪得很糟糕。看起来就像有人将一个碗扣在他头上，然后再用剪刀剪。她发现保罗也在看。

“我给他打了一针，会控制肠子的情况。他需要喝很多水。这是吗啡的处方。我回去之后会给药房打电话，他们会先准备好。就在韦克斯福德镇上的码头旁，靠近爱尔兰银行。”

“这里很偏远。”莉莉付钱时他说。

“您能来真是太好了。”她说。

医生发动车子，拉里和保罗走进德克兰的房间里，讨论他的头发。

“你会觉得，凭他赚到的钱他完全可以剪个合适的发型，”拉里说，“如果我像这样四处走动，人们会嘲笑我的，但只是因为他是个医生，他就摆脱了嘲笑。”

德弗罗太太走进卧室里。

“我认识他的爸爸，老布里兹·柯万，”她说，“他人很好。他妈妈人也很好，来自欧拉特村①的格辛家族。我不知道他在家。”

“他爸爸的头发也像这样吗？”拉里问。他向德弗罗太太描述医生的头发是怎样的。

“别再讨论他的头发。我来举个好例子吧，我肯定他是在省钱结婚。”

德克兰现在很安静。拉里和保罗开车去韦克斯福德镇拿药。德弗罗太太站在屋门前轻声呼唤小猫。莉莉和海伦坐在卧室里，莉莉拿着一包冷冻豌豆放在德克兰额头上。“这会让你舒服一些。”她说。她收拾好他的枕头，塞到他的头后。

海伦在房间里感到很不舒服，妈妈还是不和她说话。她开始和德克兰说话，假装海伦不在这里。

“海伦说我在你们爸爸病了的时候抛弃了你和她。”说话时莉莉的声音温和柔软，好像他们还是孩子而她在睡前给他们讲愉快的故事。“我一直在写信，”她继续说，“你外婆对我说如果我过来，只会让你们不安，你们在这里很开心，最好不要打断你们的日常生活，如果我过来了她又得重新让你们安定下来。这就是我从来不过来的原因。你可以问她，她会告诉你们怎么回事。我想过来，你们爸爸也希望我过来，就算一天也好，但是你外婆说我来了又走，这样对你们来说负担太重了。你们会很情绪化。”

莉莉几乎要哭出来了，但海伦发现德克兰只是看着她，目光

① 欧拉特村：韦克斯福德郡的一座小村庄。

很冷酷。她想知道他是否相信妈妈。反正她不信。

“那葬礼时你为什么留我在伯恩家也不来看我?”德克兰问。

“那时人们都这样建议我，他们都说你年纪太小了，不能接受你爸爸去世的消息，不能看见棺材和坟墓。德克兰，那些天如果我见到你，我一定会心碎的，我会心碎的。”她哭出来了，德克兰态度软化了，握住了她的手。“德克兰，海伦，那时我什么都做不了。”莉莉说。她哭得更厉害了。

海伦没注意到外婆走进了房间。海伦发现她时，她已经抱住了莉莉，来回轻晃她。

“生活太苦了，莉莉，”她轻声说，“生活太苦了，我们什么都做不了。”

药的作用没那么快。凌晨一两点之间，德克兰痛得快要受不了。海伦、莉莉、保罗和拉里轮流在黑暗中和他一起坐着，但他们不能碰他或和他说话。

三点时他的痛开始缓和。他吃了一片安眠药和一片阿普唑仑，说如果够幸运他会睡到早上。

海伦上床时，想到了休和男孩们，还有那些来自多尼戈尔的安慰。卡舍尔和马努斯过得很好，他们没注意到她的缺席，过得很开心。她躺着想，如果他们中的一个或是两个人感到痛苦并且思念她、却学着掩饰并且不抱怨，那她怎样才会知道?马努斯知道怎么抱怨，但卡舍尔却不会。他会什么都不说，就像他早上在电话里什么都不说一样。她想到了休，他多么随和可靠，她多么爱他啊，孩子们多么爱他啊。她在夜里躺着，在这时感到了他的爱的光彩，确信发生在自己身上的事情不会在孩子身上再现。她决定更仔细地考虑事情，多关注他们，让卡舍尔和马努斯在这个世界上感到安全，不会感受到外婆家中每天都在涌动的暗流。然而在翻身欲睡时，她想到任何与她接近的人，都应该早就学会了与这无解关系之网共同生活，并且处理好它。她握紧拳头，发誓她会尽全力保护他们。

八

九点已过，海伦被一阵吵闹和笑声吵醒。她留心听，听到汽车发动机的声音还有别的声音。她听见妈妈走下楼喊着什么。她想知道猫咪回来没，日光是否将它们暴露在某间外屋的屋顶上。一辆汽车又在发动，好像发动引擎遇上问题了。

她起来后看向德克兰的房间，但是床上是空的。透过餐厅的窗户，她可以看见屋子前面在发生什么。外婆正试着开拉里的车，拉里正在前座给她上课。外婆开动车子，发动引擎，打起排挡，猛地一震，车子前进一步，然后引擎熄灭了。

德克兰和保罗坐在阳光之下看着一切，大笑、鼓掌。莉莉在前门旁，海伦在她身旁坐下。

“她会撞坏这辆车的，然后又抱怨起别人。”莉莉说。

“她开不了多远。”海伦说。

这次德弗罗太太在引擎熄灭之前慢慢将车开向了大门。她打开车窗大叫：“莉莉，保罗，海伦，将你们的车开到小路上。我这里空间不够。”

“我们都不敢动。您会杀死我们的。”莉莉说。

“海伦，动作快点！”外婆说。

德弗罗太太认真地听拉里重新解释排挡的问题。海伦在外婆焦躁的凝视中挪动德克兰的车子。莉莉和保罗跟着她。

“海伦，拿我的平底鞋来！”外婆一边走回屋子里一边喊道，“它们在大厅里。”

她在大厅里找到一双平底鞋然后拿出来。外婆已经脱下穿着的鞋子，专横地递给海伦，然后马上回到拉里旁边，讨论变速杆的使用。

“快点，外婆！”德克兰喊道。他瘦弱的双腿相互交叉。

他们都看着德弗罗太太发动了车子。她换了挡位，脚离开刹车。她让车子前行，直到车震动起来。她对着拉里喊叫：“我现在应该怎么做？”

“打灯，外婆，打灯！”德克兰喊道。

车子停下来了。她噘起嘴向前看。她打开了车门，转向她的观众：“你们，全都进去！你们全都看着我嘲笑我，我根本学不了。没人能在这种情况下学东西。”

“她是认真的，”海伦说，“我还以为只是个玩笑。”

“她拿到卖地的钱之后，就变得疯狂了，”莉莉说，“疯狂了！到冬天来了之后，她就会变得抑郁，不和任何人说话，奥布莱恩神父就会像去年那样给我打电话，说她已经是那天第二次被人看见拿着网兜走进黑水村，不肯对碰见的人说一个字了。”

“您是认真的吗？”海伦问。

“疯狂，”海伦说，“她有个妹妹叫斯塔蒂亚，你那时太小了，不会记得她。她有一年圣诞节送我去她在布里的家。那时我过得很糟糕。她也是疯的。她整个家庭都是疯的。所以不要责怪我留她一个人在这里，我什么都做不了。”

“我没责怪您。”海伦说。

“那你昨天在说什么？”妈妈问。

德克兰回到了床边。保罗、莉莉和海伦一起吃早饭，拉里和德弗罗太太继续上驾驶课。

“我告诉德克兰，”保罗说，“他今天应该回詹姆斯医院，但他说情况如果就像现在这样还不错的话，他要留下来。路易丝很担心他的胃：可能有许多种病因，他需要治疗，但得先进行许多检查。”

“他们今天能检查吗？”莉莉礼貌地问。

“不，但他们明天清晨就能开始做。路易丝不想再做治标不治本的事情，她想找出病因再继续治疗。”

“你指给他用药物治疗？”莉莉问。

“对。”保罗问。

保罗和莉莉隔着桌子看着彼此，严肃地点点头。他们继续交谈时，海伦又给他们重新倒了茶。过了一会儿，拉里和德弗罗太太走进厨房。

“开一挡让我很狼狈。”德弗罗太太说。

“二挡和三挡也会一样的，我不会感到奇怪。”莉莉说。

“不，布林太太，她很有潜质，”拉里说，“我爸爸去年才教会我妈妈开车。”

“您必须先拿到临时驾照。”海伦说。

“噢，这不会是问题，海伦，”外婆说，“我有没有告诉过你巴拉的姬蒂·沃尔什去年干了什么，她还是瞎的，看不见鼻子前面的东西，我是说真的。和眼科医生预约的前一天，她到了医生那儿，说她只是要看看眼镜框——她的妹妹温妮告诉我的——门打开后，她近距离地看着那些字母，你知道，你要读出来的那些字母。她将它们抄下来，回家，背熟。第二天眼科医生还赞扬她的视力，然而她却几乎看不清她付给他的钱是什么颜色的。现在她开着一辆马自达满村跑。如果你看见她来了，赶紧躲进土沟里去。一辆红色马自达。”

“应该有人举报她。”莉莉说。

“这是温妮告诉我的，她觉得这是件很可怕的事情。但这里根本没人和姬蒂说话。她们的妈妈是糟糕的荡妇，活到了九十多岁。姬蒂忍受了很多，她母亲死了，现在除了车没什么能满足她。所以你现在小心她！”

十点四十五分，德弗罗太太和海伦、莉莉、保罗开车驶进黑水村参加十一点钟的弥撒。

“弥撒过后直接回到车上，”德弗罗太太说，“别在报纸店闲逛，也别和人说话。”

自打海伦在旅店工作的最后一个暑假算起，她有十多年没参加过黑水村的弥撒了。她已经忘记十一点弥撒的情景：戴着头巾或披风或花俏帽子的女人坐在教堂的一边，男人们穿着西装坐在另一边——甚至男孩们都穿着西装——每张脸上都有敬畏感和不安，寂静而警觉，看待万事万物都有一种温和、老式的分寸感。有时会有访客出现，都柏林或镇上的人走到教堂来，一个家庭一起坐着，穿着度假的衣服，这时教堂里的虔诚如一的气息才会被打破。

弥撒开始，她发现保罗在自己身边祈祷，坚定大声念出祷词。外婆、妈妈和保罗参加圣餐仪式，她只是坐着，看着每个领圣餐的人弓着腰走下教堂，专心祈祷。她发现保罗穿得保守，完全就像一个本地农家孩子，一个社区栋梁。

弥撒一结束，外婆就用肘轻推她："快一点，在人群涌来之前出来。"

她们排入离开教堂的队伍时，有些海伦半生半熟的人认出她来对她微笑。她真希望自己戴了围巾或像妈妈和外婆那样披了披风。她感到自己奇怪地引人注目，好像在通过什么都不戴、也不参加圣餐仪式来宣示什么。他们一走到教堂的门廊，外婆就抓住她的手腕，激动地对她说话，这样她就不用去理别人。莉莉已走在前面，保罗在后面紧跟着。

"会有人非常生气的，"上了车后德弗罗太太说，"他们会想知道我们是怎么溜出来的。现在我和莉莉、海伦在一起了，那些平时不正眼看我的人也会多和我待一会儿了。海伦，他们会以为保罗是你丈夫。他们会说她嫁了一个看上去多么干净的男人。我不知道他们会说你什么，莉莉。"

"噢，那个神父衬得您更老了，我不知道他的名字是什么。"莉莉说。

“开车，”德弗罗太太对保罗说，“直接开走。会有人让路的。”

“外婆，等您有了自己的车就要学会让路了。”

“我需要勤加练习。”德弗罗太太说。

到家之后，德克兰和拉里已经收拾好到沙滩去要用的东西。但是德弗罗太太拒绝去，她说她好多年没有去了，如果她下去了，就再也上不来。“而且，”她说，“你永远不知道会在下面见到什么人，很可能又要痛苦地听他们说话。”

德克兰看起来虚弱苍白，穿着短裤、凉鞋、T恤。莉莉拿着一个篮子，装着茶、三明治和饼干。他们走到小路上时，听见德弗罗太太在小声呼唤着猫的名字，试着诱使它们重新进入房子中，但它们没出现。

先前几天，许多沾满淤泥和泥灰的大圆石和散布的石子从悬崖上坠下；潮来潮去，它们会被冲散，被洗涤。许多天之后，这里就只有石子了，最后冬去春来，它们或者它们中的一部分也被冲走，或被埋在沙中。

莉莉站在一块大圆石后面换上了一套老式泳衣，她一定是在房中的某处找到的。海滩的更远处还有几家人，但是没有人在他们附近。海伦摊开一块小地毯，德克兰躺在上面，又坐了起来看妈妈走向浅滩，她在身体入水的时候画十字驱邪，然后没有一丝犹豫地游开了。

“你的妈妈，是一个勇敢的女人。”拉里说。

“她和保罗棋逢对手，”德克兰说，“保罗能让任何人的妈妈敬畏上帝。”

"各位，让我一个人静一下。海伦，恕我冒昧，德克兰这个混蛋让我整晚都醒着。"他对着德克兰微笑。

"只有海伦在这里，我们才会逗保罗，"德克兰说，"逗他的时候，你会看见一个完全不同的他。"

"我十分想看你们逗保罗玩，"海伦说，"但或许我们应该等到妈妈回来。"

保罗已经换上泳衣，站起来，朝沙滩冲下去，进入大海中。但是冷水没过大腿时，他就停下来了，浪潮涌来时他还跳起来避开。最后在拉里和德克兰的鼓励下，他游起来了。海伦加入他的行列，进入水中不断游动，感到身体快热起来了，她看见德克兰穿着短裤在岸边踏水，拉里陪在他旁边。她知道由于放进胸里的导液管，德克兰不能游泳。

之后，阳光在沙滩上留下阴影，拉里、保罗和德克兰回到屋子中，留海伦和妈妈在海滩上。天气温暖，天色明朗，只是远处地平线上还有几朵云彩。她们躺在小地毯上，自脱下泳衣换上日常衣服之后再没说话。过了一会儿，海伦都要打盹了，莉莉开始说话。

"我觉得德克兰坚持不了多久了。挺有趣的，我们都消化了震惊，现在都习以为常了。这是生活的一部分。有时候，他看起来就像你爸爸；他脸上的表情，转身的样子。"

"爸爸去世前也很瘦吗？"海伦问。

"不明显。不像德克兰这样。但他像德克兰的地方，是他也会在床上坐着笑，不会笑太多，只是说话。还有，当然，他不知道他病得那么严重。”

“但您知道？”

“不，这事我也不知道。他们都以为告诉我了，但他们没有，没人告诉我，手术过后，外科医生说要见我，我去他的办公室，但他从来不在，我从来找不到他。所以我走开了。你爸爸在医院里很不同。他就像那里周围的人一样，不怎么说话，让别人说话，但他喜欢陪伴，他聆听着，他永远不缺陪伴。他发现医院很孤单，但这是个崭新的世界，他注意到所有事情，记住了每个人，我进去的时候他会说起晚上发生的所有事情。当然，我和我的表哥帕特·博尔杰住在一起，屋子里各种人进进出出，我也会听到自己的新闻，我们会读报纸、交谈。对面的男人说他从来没见过两个人说那么多话。我们计划好了一切，计划好了我们要去做什么。

“我们打算，如果能够的话再生一个小孩，”妈妈继续说道，“甚至两个，就像组建第二个家那样，来感谢上帝让他康复。我们谈论要再生一个男孩一个女孩，或者顺序相反。我们详细地计划好了一切，我嫁给他好多年了，这次还是了解到了很多新的关于他的事情。我们有我们的小世界。他在靠窗的角落里的床上，护士医生进进出出，我从来不问他们问题。或许我知道他病了，我回避这个问题，但实际上我并不清楚，有一天我在阳台上来回踱步，等着护士检查完他的情况，这时一个修女走向我，问我要不要去小礼拜堂和她一起祈祷。她点燃蜡烛，我们跪下。

“‘我们请求圣母马利亚，’她说，‘让他快乐而平静地死去。’啊，我和她一起祈祷，她握住我的手，但我想她把我和别的人弄混淆了。她是个死气沉沉的安静的女人，我们刚到医院我就留意到她、她也注意到我，我知道她没有弄错，但我还是问了她。她带我下楼去见了顾问医生，他非常傲慢无礼，没有时间理我。然后我回到你爸爸身边，假装没事发生。他们给他打了一针，之后他变得很虚弱，两天之后他就死了，他死了之后，如果修女不在，我都不知道我会做出什么。

“我不能和他分开。我想要他们拉上窗帘，让我和他待在一起，但他们不停进来说我必须走。我知道我再也见不到他了。修女将我带到小教堂去，我为他祈祷，但祈祷毫无用处，我从不知道人生能像那天一样黑暗。”

“在此之前，您有没有让外婆知道他病得很厉害？”

“她知道他病了。”

“我的意思是，知道他要死了吗？”

“我自己都不知道。我想我在知道的那天或一两天后让她知道了。我全都留给帕特·博尔杰去做。但你爸爸在一两天之内就去世了。他还那么年轻，还等待着新生，他还期望着回家。他是我生命的光芒，他很爱你和德克兰。他不想让你离开他的视线。现在他死了，好像他什么都不是了。

“那天我在小教堂发誓，他们将他的尸体从病房移出后，我要尽全力对你和德克兰好，尽力像我们两个人都在那样对你们好。我发誓要尽力，但现在看来，我想我做得并不好。”

妈妈看向大海，双手在颤抖。她最后一句陈述如此平淡，语调如此真实忧郁，让海伦觉得她应该说些什么回应。她们沉默地坐着，听着浪花冲向岸边的声音。最后，海伦说话了。

“我在想，”她说，“我儿子转头时会让我想起爸爸，就像您说德克兰一样。”

“你的哪个儿子？”妈妈问。

“卡舍尔，年长的那个，他很安静，就像这里的男人，他不喜欢说话。另一个就相反。”

“你们小的时候，德克兰和你恰恰相反。你爸爸喜欢在周六或周日早上让你们两个到我们的床上来。我一直都不愿意，但如果你发出声响，他就会带你到我们床上来，如果你来了，德克兰肯定就会跟着来。你会很安静，吮着大拇指，但德克兰会爬到我们身上，拉扯你爸爸的耳朵，或者想要挠他把他叫醒，你就很讨厌这些噪音，德克兰会变本加厉直到我们起床。”

“我一直都想成为唯一的孩子，特别是在那个年龄。”海伦说。

“我想要的只是个妹妹，”妈妈说，“你外婆试着领养。她都准备好了，一个穿着花呢制服的女人——我不知道她是谁，是某类检查员吧——过来了，问我们的屋子倒到海里后收养的孩子会住在哪儿，这里有没有买保险？当然，没有。我妈妈很生气。‘你不能在这里抚养孩子，’那女人对她说。我们的领养申请被拒绝了。你外婆情绪很糟糕，那年冬天她不和我们说话，不对我和你外公说话。”

“有个妹妹能改变一切，不是吗？”海伦问。

“是的，会的，是的。”妈妈深思熟虑而后悔地说。有一阵她一言不发，然后开始摇头皱眉。

“怎么了？”海伦问。

“葬礼上的事我永远不会忘记，”妈妈说，“我很难开口去谈。像那样从都柏林回来，你爸爸还那么年轻，每个人都在看着，我感到羞辱。听起来很疯狂，不是吗？我知道，但我感觉就是这样，我感到如此暴露，或许这个词不太合适。但在你爸爸去世后我们回到家里的日子里，我感到羞耻。”

“但您看起来并不是这样。”海伦说。

“我不知道我看起来怎么样。那些日子里，我试着追溯时光。或许我也想让时间停止，因为我知道一切结束人们离开之后，我就会独自一人，我要一个人睡，在夜里孤单一人，照料你和德克兰的活儿我要一个人做。我搞不定，你知道我搞不定。我不知道为什么我现在会想起这些事情。我想是因为德克兰。”

下午的时光消逝了，沙滩变冷了。海伦和妈妈叠起地毯，拿起她们放在圆石上已经晾得半干的泳衣和毛巾，走到迈克·雷德蒙家屋子的缺口处，爬上悬崖。

她们沿着小路走回屋子时，海伦停住了一会儿。

“有件事情我之前一直不明白，现在我又想起来了，”她说，“我一直相信，是您带走了他，您从来不将他带回来。我知道这很不理智，但事情就是这样，我就是这样感觉的。我想您将他关在了某个地方，您知道他在哪儿，这全都是您的错。在我的潜意识里，我相信这一切。”

莉莉站在那儿打了个冷战。

“我没有锁住任何人，我很害怕，海伦，”她疲惫地说，“他死在我的怀里。我看着他离开。我知道我回家的时候他已不在。我什么也做不了。”

“我知道，妈妈，我知道。”海伦说，然后挽起妈妈的手臂，继续走着。

她们在小路顶部看见玛奇·基欧和埃茜·基欧走近。

“什么都别说。”莉莉说。

“好啊，”玛奇·基欧一边走近一边说，“我们刚到了多拉的屋子去，还纳闷你在哪儿。”

“多拉会杀死人的，”埃茜插嘴，“你必须让她停止。她几乎要将车开到壕沟里。”

“噢，但她曾经是个好司机，”莉莉说，“她马上就能重新学会的。”

海伦知道妈妈刚才说的东西不是真的，她觉得基欧姐妹也知道这点。

“你听说过巴拉的姬蒂·沃尔什还有她那老不死的妈妈的故事吗？”玛奇问。她说得很快，没有换气。

“法律真该管管。”埃茜说。她们都对自己刚目睹的东西很激动。

“是有相关法规，”玛奇说，“但归警察们管，他们不会阻止她。”

“肯定是她视力太差看不见他们。她根本不会为他们停车，”埃茜说，“现在多拉又在开车了。”

“噢，她还要过一阵才能上路呢。”海伦注意到妈妈的声音很冷淡，几近优雅。

基欧姐妹的视线从海伦身上转到妈妈身上。“你的丈夫还在多尼戈尔吗？”埃茜说。

海伦点点头。

“德克兰看起来难道不是很瘦吗？”玛奇说，“他不胖一点，是永远都找不到妻子的。”

“我敢说这里肯定有只等他开口的女孩。”埃茜说道，然后酸涩地微笑。

莉莉和海伦都没有说话，两姐妹渐渐意识到她们说得太多太快了。有一两秒她们什么都没说，直到莉莉和海伦打算走开了。最后，玛奇打破了沉默。

“天知道下一个要开车的是谁。老阿特·墨菲或是凯特·彭德。”

“我会说他们要好一阵才拿得到临时驾照。”莉莉笑着说。

“考官是个有问题的危险司机。”玛奇说。

“我们现在得小心了。”海伦说，然后做出要离开的样子。

“那个教多拉开车的是谁？”埃茜问。

“他是德克兰的朋友。”海伦说。

“只是这样吗？”埃茜问，“他在你的学校教书吗？”

海伦没有回答。

“上帝，你的人真棒。”埃茜继续说。

基欧姐妹端详她们的脸，看有没有别的信息可以收集。

"我们应该走了。"莉莉说。

"你再来的话先给我们打电话。"玛奇说。

"我们会为你热好炉子。"埃茜补充道。

"她们是疯的，她们一直都是疯的，"基欧姐妹走远听不见了莉莉就说，"海伦，你真应该跪下来感谢上帝自己不用和这样的人一起上学。有一天我狠狠掐了埃茜一下，狠到她的老父亲都跑到我家来抱怨了一通。上帝啊，我在这里长大时，等不及要离开！看见她们两个都会让我变老好几岁。"

莉莉和海伦走到屋子时，驾驶课刚好结束。德弗罗太太和拉里站在车子旁边，德克兰和保罗坐在前门外面的椅子上。海伦注意到，德克兰的脸将近发绿，她之前从没见过他病得这么重，如此疲惫。但他还在微笑乃至大笑。她看着他的样子，意识到他在努力坚持着。

"给他们展示一下。"拉里对德弗罗太太说。

"我们碰到基欧姐妹了。"莉莉告诉他们。

"她们对您十分钦佩。"海伦对外婆说。

"展示给他们看。"拉里重复道。

德弗罗太太进入拉里的车子，关上驾驶门，似乎在全神贯注。她发动车子，让引擎发动了一分钟。她表现得好像没人在看着，打入挡位，放下手刹，缓慢而平稳地开向大门。她正准备开到小道上，车开始震动，引擎熄灭了。她重新发动车子，引擎反复旋转直到排气口涌出浓黑的烟雾。她拐了个弯，开上小道。他们全都走到大门去看她。她颠簸了一下停下车子，拉下手刹，等拉里走到她身边。她移到乘客座上，让拉里倒车开回去。车子停在屋子前面，德弗罗太太走出车子，拍拍自己身上的尘土。拉里、保罗、德克兰和海伦都鼓掌。莉莉就站着，面无表情。

“她现在情绪高涨，”莉莉小声对海伦说，“但到了冬天，她就会在黑水村的投币电话里朝我尖叫，不然她就会像个女流氓那样跑过来。”

下午晚些时候，德克兰的心情变糟了。他们在厨房里喝茶，德克兰却远离他们单独坐在AGA炉旁的扶手椅上。海伦明白，每个人都意识到他现在比这周里任何一刻都更低落。他没说话，只是直勾勾看向前方；桌旁也没人说话，最后拉里说了些什么，但很明显他只是试着靠嘲弄德弗罗太太的开车技术还有猫的消失来打破沉默。没人笑或回应，拉里放弃了，莫名变得阴沉，这在某种程度上比别的事情更让海伦不安。

他们喝掉了茶，德弗罗太太紧张地倒第二杯。他们已经在不同的时候离开房间上过厕所回来了。保罗试着缓和紧张气氛，问德克兰想不想上床睡觉。

“不，我不想睡觉，保罗，我不想睡觉。别管我。我在这里有问题吗?”

海伦看见保罗的脸红了，她第一次看见他如此不知所措。他什么也没说。德弗罗太太将茶杯和茶托放进水槽里，发出咔嗒的声响。

“放在那里。我待会儿会洗。”海伦说。

德克兰还是不说话，也没理会他们当中的任何一个人。他现在很苍白，鼻子上的瘀痕已经扩张到脸庞上，变得丑陋发黑。海伦第一次注意到他的头发变得多么稀疏。他跷起二郎腿，把跷起的那只脚的脚踝勾到了另一条腿上，更显他瘦弱。在厨房的昏暗灯光中，他的面容和骨架都很瘦弱，眼睛下方有阴影，下巴还有没刮掉的黑而模糊的山羊胡，但他似乎有种奇异的美，像画中的人像一样。她看着他修长而瘦骨嶙峋的手指。

他捕捉到她的视线，她便看开去。这时，除了外婆其他人都已离开厨房。德弗罗太太一次又一次走到窗边，好像在等着什么人突然到来，然后走回到水池边开始削土豆。海伦走过去帮她，在穿过房间时注意到德克兰变得很病态，和刚才在屋外一样面色发青。

海伦和外婆在准备蔬菜，莉莉走进又走出房间，德克兰则沉默地坐着看向前方。德克兰身上的气息弥漫在空气之中，因而她们意识到自己发出的所有声响——菜叶摩擦的声音，平底锅敲击的咔嗒声，水龙头开关的声音——都是对德克兰那狂暴而痛苦的沉思的一种干扰，一种刺激，一种直接的打断。

海伦等不及要走出房间。她想要在离开时关上身后的厨房门，只留下外婆和德克兰在房间里，但她觉得这就像关上高压锅的阀门一样。她让门保持半开状态。

拉里和保罗在餐厅里。

“拉里今晚要回去了，”保罗说，“他真的要回去工作了。我会坚持留下来。我想德克兰明天要回去。”

“我会留到晚饭过后才走。”拉里说。

肉在炉子中发出吱吱声，蔬菜也被煮开了，味道充盈厨房，德克兰冷漠不动地坐着，看着前方的一个定点，好像要在痛苦或愤怒中爆发。保罗和拉里留在房间外，海伦和妈妈在厨房里摆餐桌，小心地为德克兰留了一个位置，但她们知道他不会一起坐的。她们小心翼翼而安静地走动，意识到每一点声响都会刺激他的神经。德弗罗太太装了一盆牛奶，走到外面放在猫儿的棚屋旁边。

最后他们坐下来吃饭。她们给德克兰准备了把椅子，但他没有加入，他们也没让他过来。他们忙着递菜，警觉着德克兰阴郁的存在。

“德克兰，你不吃点东西吗？”莉莉问。

“不，别管我。”他头也不抬地说。

“别管他，”外婆说，“他是我的宠物。”

海伦看到保罗和拉里变得有多尴尬。德克兰消沉的状态让她们变得没用；她觉得，如果他家人不在，他的朋友还能够做点别的东西，但房间里的信号和他们间的关系，都太混乱和复杂了，没人能够想出要说什么，一股奇怪而尴尬的悲伤随之而来。

拉里准备要走了，德克兰没动。拉里将包放在走廊里，走进厨房里抚摸德克兰的头发。德克兰按住拉里的手，过了一会儿又紧握住，但他没有转身看他，也没说什么。

餐厅里，拉里站着和德弗罗太太讨论翻修计划：“我全都测量好了，我知道您想要什么，我会画好方案，我们找家好的建筑商，找个真正可靠的人，我会和他谈好。这些全都免费。劫富济贫嘛。没有冒犯的意思。”

海伦发现妈妈站在阴影处，狐疑地听着。

“噢，我很感激，”德弗罗太太说，“没有你我都不知道怎么办。”

“您应该在冬天之前就能把这些都弄好。”拉里说。

“是的，是的。”德弗罗太太回答。

“所以我一周之内会将规划寄给您征求您的同意，找到建筑商之后我会再过来。”

“很好。”

“所以您现在要确定这是您想要的东西。”拉里继续说道。

“拜托，拉里，”保罗说，“你再这样说下去就到半夜了。”

拉里一走进车中，两只猫就迅捷地出现在棚屋的顶部尖锐地叫着，注视着离开的客人。德弗罗太太跑进房间，给它们盛了另一盆牛奶。海伦和保罗陪着她，她在屋子前方的区域徘徊，最后独自在小路徘徊呼唤它们，很明显它们又藏起来了，她便走回屋中。

天色几乎全黑，塔斯卡尔的光束开始扫过屋前，这时德克兰开始胃痉挛。海伦注意到痉挛一开始还蛮轻，德克兰只是喘气和屏息，过了一会儿，她注意到德克兰在每次痉挛袭来的时候会感到恐惧。

他们全都试着和他交谈。莉莉在他身前跪下，握紧他的手，但他没有直接看着她或和她说话。保罗安静地坐在餐桌旁看着他。德弗罗太太洗碗拖地，又走出去找猫。海伦站在窗户旁。

“你可以把灯关掉吗?”德克兰问。

天际仍有昏黄光线，过了一会儿他们适应了半明半暗的状况，也能够辨认出厨房中人与物的形态。德克兰开始有规律地一阵阵呻吟起来。他让他们把水槽下方的脸盆放到他身边，不久，伴随着每一次痉挛，他都会呕吐，吐到盆里。第一次呕吐后，他将头往后靠，大叫出来。海伦走近他时，他示意她走开。他一直呼吸沉重，等着下一次呕吐到来，按住自己的胃，每次呕吐的时候都呻吟起来，结束后将头往后靠。

海伦示意保罗出去。莉莉和德弗罗太太已经在餐厅里了。她们意识到德克兰已经看到他们在厨房里走动，就让门半开着。

“大家都留在外面，”保罗说，“我会去和他谈。现在给路易丝打电话太晚了，我们也许可以给那个本地医生打电话，但他不会知道该怎么做。我想我知道是怎么一回事，这是一种常见的机会性感染，可以治好。如果这样持续很久，看上去也没有好转，那么德克兰就要去都柏林了，不管是坐汽车还是救护车。”

海伦觉得保罗正享受着他的权威还有他自己的声音。妈妈和外婆尊敬地听着他，很感激他知道怎么做。他很快就回到厨房里，关上了门。女人们在餐厅里等着。

“我不知道你们两个在做什么，”德弗罗太太说，“但我在祈祷。”

“你知道这是不是他第一次难受成这样?”莉莉问。

“我觉得不是。”海伦说。

“祈祷吧，他的痛苦会缓解。”德弗罗太太说。她跪下来，低下头，但海伦和妈妈还是坐着。

她们听见阵发的呕吐和杂乱的说话声，还听见了小声的痛苦叫唤，等着厨房里发生些什么。海伦没法想象保罗在对德克兰说什么。这么多年了，她了解她的弟弟，她从没见过他如此粗暴、阴沉或难搞。她坐着等待，后悔在保罗刚才说话的时候觉得他自大自私。她明白，如果保罗不在这里的话，她们会手足无措，无法应对德克兰，不知道如何收拾场面。

半小时后保罗走出厨房，德克兰靠着他。“他要去浴室，”保罗说，“他想上床了。”

保罗帮助德克兰上楼。莉莉和海伦走进德克兰的卧室，整平他的床铺，放好枕头，关上灯，留餐厅里的灯亮着。他们坐在餐厅里等着德克兰用完浴室。保罗向下面要干净的睡衣，她们便又走进德克兰的房间搜他的包。海伦将睡衣拿上楼，透过浴室门缝将它们递给保罗。她可以听到洗澡的声音。

“我们不会耗很久的。”保罗小声对她说，然后关上了门。

德克兰靠着保罗走下楼梯，每走一步都要喘息一下，好像走动会让他疼痛一样。

“你没事了，德克兰，你没事了。”外婆在保罗将他送进卧室时说。

“他太热了，”保罗说，“他只需要一张床单。他需要水，如果有冰的话最好有些冰在里面，他需要一个脸盆和一条毛巾。”

德克兰躺在床上，塔斯卡尔的灯光扫过房间的墙面。

“德克兰，你想要拉上窗帘吗？”海伦问。

“不”，他小声说，“但别走，留在这里，可以吗？”

“当然，”她说，“我去给你拿些水。你还好吗？”

“不好，”他平和地看着她说，“我希望可以消停了。”

“你会没事的。”她说，马上后悔自己所说的。她紧握双手，想知道自己怎么能说出如此愚蠢的话。他看着她，她想要笑，想不出要做些什么。她和他一起等待，握住他的手直到妈妈走进房间。

午夜过后一小时，德克兰的胃痉挛又发作了。他大汗淋漓，海伦和妈妈坐在他的床边，妈妈拿着毛巾擦他的眉头。他静止了一会儿，双眼张开。角落里的罩灯放出光线。突然，他又恶心起来，坐起来抱住胃，紧紧按住好像在阻止痉挛的到来，然后小声地断断续续呻吟着，直到不适平息。

海伦叫唤厨房里的保罗，然后移开让保罗坐在德克兰床边的位置上。德克兰闭上了眼睛。保罗让海伦去拿一个冰袋或者一包冰豌豆来给他降温。她发现外婆正在厨房里，独自坐在桌旁，细细观察手背的血管。

“我想我们免不了要耗上一晚了。”外婆说。

“他病得很重。”海伦说。

“我在为他祈祷。你觉得我们可以告诉他吗？”

“我会告诉他的。”海伦说。

海伦、莉莉、保罗和德克兰一起坐在房间里，和他一起等着一阵阵的疼痛到来，在他抱住胃低声喊叫时试着去安抚他。一两个小时后痉挛减轻了，德克兰平躺在床上，双眼紧闭。他汗流不止，同时也在颤抖，他们分不清他是太热还是太冷。

他安静下来后，海伦让外婆上床睡觉。过了一会儿，她决定自己也去睡。保罗和妈妈说他们会守到保罗睡着。保罗小声在厨房对她说他觉得痉挛并没停止，只是暂时停止一会儿。他说，他挺确定这晚或者第二天它们会卷土重来。他说他之前已经告诉德克兰他应该去都柏林了。德克兰说他不想走。

海伦刚入睡就听到他在叫喊。她起身穿衣。现在接近凌晨三点。黑暗的房间里，妈妈和保罗坐在床边。这一次的疼痛并不像之前那样阵阵来袭。现在，德克兰一直抱着胃。他睁开眼睛时，很明显在害怕。他试着说话，低声说了什么，但他们没法辨认他在说什么。他们问他要不要水，但他摇摇头。海伦意识到，除了陪伴他，他们什么也做不了，他胃的问题在恶化。接下来的半小时，他们带他上了好几次厕所。保罗和他一起进去时，莉莉和海伦就换掉床单，打开他房间的窗户，德弗罗太太穿着睡衣出现了，她们让她回去继续睡。

德克兰躺在床上，只盖着一条被单。他刚喝了一点水就吐到盆里，他瘦弱的骨架伴着恶心颤抖起来。他想要翻身，却没能成功，只好继续平躺着。有时疼痛加剧，他对着自己大喊，他们安抚也没用。

保罗再次示意海伦到厨房里去。“他睡不着的，”他说，“你留在这里他也不会变好的。八点或八点半医院才会开。我们六点或六点半就要考虑离开了。我得开上我自己的车，可以的话你开上他的车。我不知道你妈妈想怎么样，但如果她愿意，可以单独开车和德克兰一起，或者和我们中的一个走。我会先出发，通知医院，做完别的事情，或者如果你希望的话，我也可以带上德克兰。”

“他同意走吗？”

“他知道他得走。”

“他之前病得那么重吗？”

“有过。”

海伦回到卧室里，德克兰又开始痉挛，比之前更严重。等待下一次发作时，他含糊自语，她无法分辨他在说什么。莉莉擦掉他脸上和前额的汗，握住他的手，轻柔地对他说话，他开始小声地叫唤。痉挛再次袭来，海伦第一次听清他在说什么。

他在说：“妈妈，妈妈，帮我，妈妈。”

海伦想要离开房间，她感觉自己碍手碍脚。德克兰再次叫唤“妈妈，妈妈，帮我”，语调哀伤、孩子气而绝望。莉莉小声对他说话，海伦听不见她的话。

海伦踮脚走出房间，当她在厨房里告诉保罗房间里发生了什么时，眼泪夺眶而出。

“他想说这个很久了，”保罗说，“或类似的话。这对他来说是个解脱。”

黎明缓慢而迟疑地出现在东方的天空，海面之上的天空。海伦透过窗户看到阴云之间的昏暗光线。现在是四点三十分，她都不知道黎明那么早就来了。她透过厨房的窗户看着，等着更多的光芒涌现，但她看到的只是一道微光，一道天亮的暗示，在一段时间里，天色都没变化。她感到孤独，与所有人隔绝，疲惫到在想象中都无法唤起对休、卡舍尔和马努斯的思念了。就在刚才，就在窗边，她心中别无他物，只有对这个世界的冷酷。

天亮了，她穿上套衫向大海走去。空气寒冷，一道凛冽的微风从东边吹来。她站在悬崖边上看着大海，海浪加速前进，逐渐成形，在沙滩上碎成一个沉闷的弧线，又向后退去。

大海呈金属蓝色，地平线上还有黑色雨云，但太阳现在出来了，天色几乎全亮了。她看不到任何人，还要过一会儿，这附近小农场的人们才会醒来、起床、开始崭新的一天。她想象他们正困于睡眠的私密之中，或慢慢地转身，被晨曦短暂扰醒，又重陷睡梦之中。

之后好一段时间都没人会在眼前的风景中出现。没有观众和目击者在，大海仍轻柔地奏鸣和回退。它不需要她观看，她想，此时此刻，或在漫漫长夜，大海自身会更加不朽、更加难以触及。她现在搞清楚了，仿佛整整一周的时光引向了这场顿悟：世界根本不需要人类，有没有人存在根本就无关紧要。世界会继续运转。正在摧毁德克兰、让他在这黎明时分叫喊的病毒，或是她在祖母家唤起的记忆与回响，或是她没能唤起的对家人的爱，其实都不算什么，现在，她站在悬崖边上，它们看起来什么都不是。

想象、共鸣、痛苦、微小的渴望、偏见。面对大海坚定的冷漠，它们什么都不是。它们还不如淤泥与泥灰，还不如悬崖上那被风吹雨打、被大海冲走的干燥白土。这并不是因为它们会消逝：它们几乎不存在，它们根本不重要，它们影响不了这清冷的黎明，在晨光中闪耀的海水，用其忧郁之美震慑她的偏僻海景。她想，如果这里从没有人，没有人观看、感知、记忆、死亡和尝试去爱，让世界的变化、这发光的海水、清晨的微风独自发生，一切可能会更好。她站在悬崖边上直到太阳从黑色雨云背后探出头来。

厨房里，外婆穿着睡衣坐在 AGA 炉旁。“茶泡好了，”她说，“但或许你想泡壶新的。”

海伦坐在桌子旁。屋子里很冷，潮湿的气味让她想到多年以前。她用手遮住脸。保罗走进厨房时告诉她应该睡会儿，大约一个小时后他们就要去都柏林了，如果她要开车的话，必须要小睡一下。

“德克兰睡着了吗？”她问。

“没有，不过他更安静了，他不痛了，但我不知道这样会持续多久。”

她回房间的时候注意到德克兰房间的门关上了，里面一点声音都没有。她留房间的门开着，躺在自己的床上，盖上一条羽绒被。她蜷曲身子，将头埋在枕头中。她微微打了个盹，又猛地醒来，接着又瞌睡起来。她躺在昏暗的光线中，觉得自己再也不想动，试图将注意力放在德克兰的痛楚和送他去都柏林的需要上，之后她梦到自己开车时睡着了，她知道如果自己不张开眼睛她会撞车的，便努力试着醒来。她手握方向盘，却看不到迎面而来的东西，心中也很清楚如果下一秒她再不醒来就会撞坏车子伤到自己。她俯身抱头面对车祸，却发现其实保罗站在她身旁，告诉她德克兰的痉挛又发作了，没必要再等了，保罗会先开车出发，海伦和她妈妈则带上德克兰，开德克兰的车跟着他，她们可以轮流开车。

海伦觉得汗涔涔的，需要洗个澡换身衣服，但她知道自己没有干净的衣服了，连件干净的内衣都没有了。她眼睛半睁半闭收拾好自己的东西，想着自己要不要走进厨房里请外婆也去都柏林——她可以和保罗一起走，也可以和海伦一起待着——但她知道自己不会问她，他们会留外婆在这里，在这里为猫的事情烦恼，她的态度还像以前一样，严厉而直率，但却多了从前只会被游客们激发和加深的孤独。

德克兰还躺在床上。海伦走进房间，保罗坐着，她听见德克兰痛得虚弱地小声叫唤。

“他要试着起床。”保罗说。

“德克兰，你觉得你能走这一趟吗？”海伦问。

他点点头。“我马上会起来。”他说。

海伦走进厨房，看见外婆穿着蓝色圆点的鲜艳裙子和一件海军蓝安哥拉羊毛衫。她已经抹上淡淡的口红，化上了淡妆。她看起来好像要和他们一起去都柏林、想要展现出最好的一面，但海伦知道，她事实上只是不想让自己看上去像被抛下了。

他们帮助德克兰走到车子上，莉莉坚持要和他一起坐在后座。保罗和海伦试着用德弗罗太太给他们的两个枕头让他舒服一点，但他没法坐稳，只是闭上眼睛瘫倒着。她们建议莉莉坐到前座，但她不肯撤离原来的地方，说她想要和他在一起。

德弗罗太太走出来站在车旁。

“小心开车，如果感到睏就停下来。”她说。

“记住开着电话。”莉莉说。

“噢，上帝啊，那个电话！”

“开着它。”莉莉重复说道。

德克兰摇下汽车的后窗。

“外婆，谢谢您做的一切。”他虚弱地说。

“照顾好你自己吧，德克兰，照顾你自己。”

外婆眼中满是泪水。

他们出发时正是六点三十分。保罗在前面开。他们一开过黑水村，莉莉就把枕头放到自己膝盖上，让德克兰将头靠在上面。他还在痛。通过后视镜，海伦可以看到莉莉在抚摸他的脸。

“我很痛。”他对她说，几乎要哭出来。

“你很快就会好的，”莉莉说，“保罗说他们会给你留张床，他们知道要做什么，我们都会和你待在一起。”

他们向北开去，经过了戈里和阿克洛，海伦异常警觉，意识到她如果停下来或者想太多关于睡觉的事情的话，自己就会需要休息，她也知道德克兰现在更痛了，他想要在汽车后座呕吐，她绝不能停下来，她必须继续前进，直到抵达医院。

“你会没事的，德克兰，”妈妈说，“你会没事的。”

他们到了拉斯纽和阿什福德之间的弯路时，德克兰痛到无法忍受了。

“到底是哪里痛？”莉莉问。

“这里，这里。”他说。

“是胃痛吗？”海伦问。

“是的，还是胃，但不用很久了。我们快到了。”

德克兰又想要呕吐，但只是干呕。她开着车，一直试着集中注意力在前方的路面上，不想其他东西，却发现他已经弄脏了他自己。她小心地开了驾驶座旁的窗，希望自己不会被注意到。

车后座传来的声音让她震惊了。是妈妈在唱歌的声音，自孩童时期过后她就再没听过，声调蛮高，纤细而不稳，一开始的时候就像莉莉在紧张地测试自己还能不能唱歌。之后声音变得嘹亮雄浑。这是一首在海伦和德克兰很小、他们还睡在一个房间里时莉莉会在夜里唱的歌：

十月的风环绕着德罗莫尔城堡哀悼
但大厅之中却是平静，我的小孩，我的珍宝
秋风会消沉死亡，但你是

然后，她将声音变哑、压低，唱起副歌部分。

唱完第一段副歌，她停了下来。“帮帮我，海伦，”她说，然后唱起了下一段。海伦知道歌词，她在学校合唱团里唱过。她和着妈妈唱，一起唱完了这首歌。

他们在布雷碰上了星期一的早高峰，她们把所能想到的歌都唱了——勃拉姆斯的《摇篮曲》《寂静之夜》《短发男孩》②——而德克兰平躺着。抵达斯蒂罗根时，海伦害怕起交通灯来，她害怕自己停太久的话会睡着或者没法继续开车。

“想点别的歌，海伦，”妈妈说。

“我真希望我知道更多歌的歌词，”她说，“您想吧，我会跟着您唱。”

到达医院时，海伦已经不记得怎么去她第一次看德克兰时他住的楼了。圣詹姆斯医院是座杂乱的建筑群，她在一个环形路口转弯，朝一排楼开过去，但它们都很新，不像德克兰住过的那栋楼。她想让德克兰坐起来帮她，但从车后厢的安静来看他睡着了。她找到了一个自动停车场，等着栅栏升起。她开进去找到了一个位置。“我会搞清楚该去哪儿的。”她对妈妈小声说。德克兰安静

---

① 来自爱尔兰摇篮曲《德罗莫尔城堡》。德罗莫尔城堡位于克雷郡，建于十九世纪三十年代。

② 《寂静之夜》《短发男孩》均为爱尔兰著名歌曲，曾被詹姆斯·乔伊斯写进小说中。

地将头枕在枕头上，她妈妈没法动。她小心地关上车门，走向医院的主接待区。

和接待员说话时，她意识到自己并不知道要说什么。接待员告诉她，医院里并没有艾滋病病房，虽然有门诊部，但是周一并不开门。顾问医生路易丝·法雷尔照看的病床遍布整个医院。接待员说，如果她的弟弟病得很重，就应该去看急诊。海伦试着去描述她去过的那栋楼，但接待员对她很怀疑，开始变得不想帮忙。海伦很累，想要发脾气，便逼自己走开了。

她走出接待区，决定向右走。那里有整个医院的指示标志，但她什么都辨认不出来。她知道保罗会在那栋老建筑的走廊等着她，她没法找到那里，他会很不耐烦。她希望妈妈在车里待得住。

在另一栋楼，她找到一个坐在桌子旁的门卫。他在看报纸，虽然已经看到她在走近，也还是继续看报。她转身离开。她试着回想：她那天是怎样跟着保罗走进医院里的？她相信自己在朝正确的方向走，但也没法确定。她突然想到，自己应该让接待员用内线打通路易丝或她的手下的电话。她想，如果见到别的门卫，就要求和路易丝通电话。走进另一栋楼里时，她发现这是个炊事间，她沮丧欲哭。

海伦在德克兰住过的那栋楼的大厅里找到保罗时，她几乎说不出话来了。她跟着他走到了走廊里，他已经拿好一把轮椅。“发生什么了吗？”他问她。

“没，只是车停在几英里外。”

“我们可以让一个门卫推他过来，”他说，“不可能有那么远，是在那个付费停车场吗？”

她点点头。

“那就行了。我们可以搞定。”

他们一回到车子那里，德克兰就醒过来了。他什么也没说，看起来好像为这新的环境而震惊。他毫不费劲就从后座里出来坐到轮椅上。门卫在他身上盖了条毯子，保罗背着他的包，他们推着他走出停车场。莉莉和海伦走在后面。

到了病房，保罗将包递给门卫。

“他们现在不需要我们，”保罗说，“他需要先做检查，甚至需要用镇静剂。我们在这里守看也没意义。”

海伦意识到现在只有一辆车，现在她要照料妈妈。“我需要打个电话。”她说。

保罗带她到大厅里的电话亭，妈妈则去上厕所。她拨下号码，休接了电话。她告诉他她们在哪、发生了什么。

“你听起来很糟糕。”他说。

“我们过了糟糕的一晚。”

“你想我过去吗？”他问。

她什么也不说。

“你不可以像这样子一个人撑着。你必须要让我过去帮你。”

“孩子们怎么办？”

“他们很好，他们很开心。让我过去。”

“不，我们不能同时离开他们。”

“海伦，为什么不让我帮你？开车过去一共只要四个半小时。”

“休，这一晚我想到了最坏的事情。”

“为什么我不现在就开车过去呢？”休问，“去看你，在都柏林过一夜，明天早上带你过来？你可以看看孩子们，然后开车回来，这样你甚至不会离开都柏林一晚。”

她再次沉默。

“海伦。”他说。

“休，你可以现在过来吗？”

“我过几分钟就会出发，应该两点或三点就到了。我应该去医院还是去家里？”他听起来如释重负，十分热切。

“回家。”

海伦和保罗站在大厅里等妈妈。

“我要回家睡一觉，”他说，“我下午会过来。告诉你妈妈我会再来的。”

“我们都很感谢你。”海伦说。离开前，保罗拥抱了她。

妈妈慢慢走向她，好像弄伤了自己一样。

“我们应该到我家休息一下。”海伦说。

“我没有干净的衣服。”

“我家里有干净的衣服，”海伦说，“或者我们可以去购物中心。休正从多尼戈尔赶回来。”

“休？噢，海伦，我不觉得现在是见他的好时机。”

“你没别的选择了。”海伦说，然后挽起妈妈的手穿过医院。

海伦进入车子里之后，感到无比疲惫。她倒车开出停车位时，必须强迫自己去转头向后看。她想知道德克兰现在在哪里，他是躺在床上，还是在被医生检查着。她想，她和妈妈应该在离开医院之前给他留个字条，说她们迟些时候会回来看他。她换入挡位，缓缓朝电栅栏开去。“需要五十便士。您有五十便士的硬币吗？”她问妈妈。

妈妈在她的包里搜寻，找到一个零钱钱包。她给海伦五十便士硬币，海伦打开窗，放进投币口里。栅栏升起。

“我们应该去另一个停车场，”海伦说，“那个停车场不收钱。”

这是个温暖的、有薄雾的早晨，可能会出太阳。海伦意识到她得给学校打个电话和秘书说取消星期三的面试。她现在只想要睡觉，即便在休到来之前睡一两个小时都好。

“真有趣啊，”妈妈说，“时间过得多快。现在你开车送我在都柏林里穿梭，而我记得你还是个小女孩的时候，我们坐火车带你们来都柏林，你和德克兰都穿着好看的衣服。”

海伦开过托马斯大街、帕特里克街，转入卡兰布莱塞街。

“我们曾经以为火车会掉到大海里，它几乎都到海边了。”海伦说。

“那是最开心的日子，”妈妈说，“德克兰和你很不同，但是在旅行时你们都一个样。你们在前一晚都会睡不着，会在当天早上比我们早很多就起床，都会在回家的路上筋疲力竭。”

“对我来说，最奇怪的事情，”海伦说，“是爸爸在都柏林过马路的样子。在家里，我们被教导要左看看右看看，看到有车过来或者听到有车远远过来都要等着。但是在都柏林他会往前走，他会估计出距离，在车来车往的时候躲开车辆过马路。德克兰和我都不敢相信。”

“我记得你和德克兰都各有所爱。你还记得分别是什么吗？”妈妈问。

海伦开向坦普拉格大街。“不，我记不起来了，”她说，“是不是摩尔大街或者是动物园？”

“不。你们都很爱摩尔大街，你们也都很爱动物园。是别的东西。德克兰喜欢亨利街上伍尔沃斯商场的自助餐。到了那里，他的双眼会发光。你知道的，他讨厌普通的饭馆，我们很少带他出去吃，他一点耐心都没有，他搞不懂为什么上菜要那么久。但在伍尔沃斯，他可以拿着托盘，想要什么就挑什么，马上就能吃。你就不同，你喜欢饭馆，很有耐心，你喜欢下单，等待，四处张望。所以伍尔沃斯是德克兰的特别待遇，在此前后，你会得到你的优待。”

车子在靠近坦普拉格大街的红绿灯处停下。

“那些自动扶梯，”妈妈继续说，“你喜欢克莱里商店和阿诺特商店的自动扶梯。德克兰害怕它们。怎么劝他都不肯踩上去。但你可以在那上上下下一整天。你还记得吗？”

“是的，我记得，但我想我也同样喜欢自助餐。”海伦说。

“是的，但没德克兰那么喜欢，”妈妈说，“我有你们俩在动物园和机场的照片。我必须给你一些，你就可以展示给你的孩子们看了。照片里你们俩看上去都很开心。但现在我会先等等，因为看着照片上的德克兰会让我们都很难过。”

妈妈停止了一会儿，叹了口气：“我很希望他离开的时候，心里除了苦难还有些快乐。”

她们已经快到家了。海伦知道，她就像需要睡眠那样需要安静：别再有未加修饰的回忆，别再有车里妈妈那轻言细语的温柔。她开始害怕妈妈走进自己的屋子。

“海伦，我希望我们能给德克兰带来些安慰，”到了屋前停车时妈妈说，“你觉得我们做到了吗？”

“或许他心中会轻松的，”海伦说，“我希望有。我不知道。”

妈妈目光敏锐地看着她，显然在寻求进一步的确认。海伦试着想些别的东西说出来，让妈妈放松下来，别再表现得令人不适。

“我们到了，现在我们到了，”海伦说，“我们最好进去吧。”

妈妈没有动，只是再次看着她，好像在恳求回答。

“我觉得我们已经尽力了。”海伦说，她走出了车子。她在大门边等着妈妈。她挽着妈妈，慢慢沿着小路走向屋门口。

“是的，你说得对，”妈妈疲惫地说，“我们还能做什么呢？”

屋子看起来冷清而陌生，海伦走过走廊时，觉得自己走进了一个不熟悉的地方。只要不用给妈妈沏茶，让她干什么都行。她强迫自己想，这里是她的屋子，是她住的地方，它不会被夺走。但她还是不能从妈妈的阴影中走出来。她在厨房里转身面对妈妈时，却震惊地发现妈妈看起来多么无助和心碎。她们从走廊走到厨房，一开始她还想象着有一个强大而固执的人跟在后面，想要终结她的人生。然而，妈妈看起来困惑而震惊。

“啊，这里真好，海伦，这里真好，真明亮。”妈妈说。她的声音安静而悲伤。

妈妈坐在桌旁，海伦在沏茶。她发现家里没有牛奶了，提出要去商店买，但是莉莉说她直接喝清茶就好。

“德克兰向我描述过这间屋子，所以我知道它是什么样子的，”妈妈说，“但是能来到这里真好。”

“我该上楼给您整理床铺了。”海伦说。

“先别去，”妈妈说，“留在这里。你不必说话。有时候我和我妈妈在一起的时候，也希望不用说话。”

“外婆很健谈。”海伦说。

“你外婆让我累坏了，”妈妈说，“我们又开始交谈了，我不想那样对待你。”

“我会再留几分钟。”

“我周六有时会来到都柏林，”妈妈说，“我会想来你家喝杯茶。我的意思是，我不会过夜。我讨厌在我妈妈家过夜。这里是你的家，你也不希望你妈妈四处吵闹。”

她抿了一口茶，叹口气，看着外面的花园。她望向远方，说：“我想见见男孩们。然后我会开车回家。走那条新开的支路，速度会快很多。海伦，这就是让我熬过来的东西，这就是我现在的梦想：你和我能坐在这里，随便谈谈，看着男孩们玩耍，看着休走进走出房间。我可以站起身来就走，一切都会很轻松随和。这就是我现在的梦想。”

“这个想法很棒，”海伦说，“我保证您来的时候会有牛奶。”

“现在让我们去睡会儿吧，”妈妈说，“我已经把要说的都说了。”

她站起来，将自己的杯子和茶托拿到水池里。

“休来的时候，我们最好能保持好的状态，”她说，“然后我们过会儿就去看德克兰，但我们现在先睡一小会儿，我们先睡一小会儿。”

译后记

卡什位于爱尔兰东南部的韦克斯福德郡。它还出现在托宾的长篇小说《石楠花绽放》《诺拉·韦伯斯特》和短篇小说《空荡荡的家》里。本书中提到的迈克·雷德蒙还有基廷等人的房子都在《石楠花绽放》里提到过。托宾本人出生在恩尼斯科西，这正是海伦长大的地方。

那么多故事就在爱尔兰东南部这一角诞生。著名评论家特里·伊格尔顿在《黑水灯塔船》的书评中，用“南部现实主义”来形容托宾的风格。“南部”指的不仅是小说的背景。我们看到了家人与朋友间的寻常故事，但是，这些又不仅仅是郊区轶事，它们关乎爱尔兰的传统与现代，关乎宗教与欧洲一体化的背景。伊格尔顿指出：“这部小说探索了生存于清晰世界中的模糊感受。”清晰的是什么，模糊的是什么，相信读者读完小说自有感受。本书中译本曾于 2014 年出版，此次再版对译文进行了修订。

Colm Tóibín
The Blackwater Lightship

图字:09-2020-401 号

图书在版编目(CIP)数据

黑水灯塔船/(爱尔兰)科尔姆·托宾(Colm Tóibín)著;温峰宁译. —上海:上海译文出版社,2021. 11 (2023.7 重印)
书名原文:The Blackwater Lightship
ISBN 978-7-5327-8701-2

Ⅰ. ①黑… Ⅱ. ①科… ②温… Ⅲ. ①长篇小说-爱尔兰-现代 Ⅳ. ①I562. 45

中国版本图书馆 CIP 数据核字(2021)第 232406 号

黑水灯塔船
[爱尔兰]科尔姆·托宾 著 温峰宁 译
特约策划/彭伦 责任编辑/徐珏 封面设计/好谢翔 封面插画/大大黑

上海译文出版社有限公司出版、发行
网址:www. yiwen. com. cn
201101 上海市闵行区号景路 159 弄 B 座
上海市崇明县裕安印刷厂印刷

开本 889×1194 1/32 印张 7. 75 插页 2 字数 115,000
2022 年 1 月第 1 版 2023 年 7 月第 2 次印刷
印数:6,001—8,000 册

ISBN 978-7-5327-8701-2/ I · 5373
定价:69. 00 元